당신을   응원합니다!!.

2022. 7

손웅땅

튜브

튜브

손원평
장편소설

창비

차례

더럽게 차갑군.

그는 생각했다. 아주 기분 나쁜 차가움이야. 물맛은 말할 것도 없고. 이런데도 그렇게나 많은 이들이 강물에 몸을 던진다니. 자신도 그중 하나라는 사실을 잊은 채 김성곤 안드레아는 생각했다. 죽음 직전이라고 하기엔 지나치게 현실적인 느낌이었다. 하긴. 김성곤은 생각을 고쳤다. 이건 현실이 맞았다. 아주 냉혹하고 더러운 기분이라는 점에서 이보다 더 현실적일 수 없었다.

폐로 걷잡을 수 없이 밀려들어오는 물을 반사적으로 뱉어내며 김성곤 안드레아는 2년 전에 강 위에 서서 똑같은 결심을 했던 때를 떠올렸다. 차라리 그때 몸을 던졌더라면 지난 몇년의 수고를 절약했을 텐데. 헛수고로 돌아간, 물거품이 돼버린 그 몸부림들을 말이다.

허우적거리며 물을 들이켜는 동안에도 머릿속엔 그 생각이 멈추지 않았다. 죽기 직전 이렇게 필사적으로 움직이고 있다는 사실이 우습게 느껴졌다. 죽으려고 하는데 몸뚱이는 왜 몸부림을 칠까. 마치 어떻게 해서라도 살고 싶다는 듯이. 물론 그 생각들은 머릿속에서 빠르게 지워져갔다. 죽음을 향한 감각과 최후의 감정만 남았다. 고통스럽고 공포스러웠다.

제발. 거의 마지막 숨으로 말할 수 있다면 튀어나왔을 말이다. 제발. 아니, 씨발. 이런 종류의 경험이라면 어서 빨리 끝나기만을 김성곤 안드레아는 간절히 바랐다.

물론 이 이야기 속에서 그는 죽지 않는다. 그게 당신이 원할지도 모르는 이야기이기 때문에. 하지만 그런 식의 결론이 마음에 들지 않는다면 그냥 김성곤이 세상을 떠났다고 생각해도 좋다. 그저 그런 삶을 그저 그렇게 이끌다가 그저 그렇게 소리 소문 없이 사라졌다고 생각하면 그만이다.

사실 뭔가를 나쁘게 바꾸는 건 아주 쉽다. 물에 검은 잉크를 한방울 떨어뜨리는 것만큼이나 쉽고 빠르다. 어려운 건 뭔가를 좋게 바꾸는 거다. 이미 나빠져버린 인생을 바꾸는 건 결국 세상 전체를 바꾸는 것만큼이나 대단하고 힘든 일이기 때문이다.

이것은 뭔가를 좋게 바꾸려는 김성곤 안드레아의 이야기이다. 그러니 그 고군분투가 따분하게 느껴진다면 그냥 그가 실패했다고 생각해도 된다. 사실 세상엔 그런 이야기가 훨씬 더 많다.

1부

Back to the Basic

1

정확히 2년 하고도 5일 전.

김성곤 안드레아는 오늘과 같은 위치에, 그러니까 서울 한복판을 가로지르는 한강, 자살자들의 성지인 한 대교 위에 서 있었다. 조금 전 철수한 어느 영화 촬영팀이 두고 간 애플박스 위에 올라서서 그는 자살 방지 펜스 틈으로 고개를 내밀고 미동도 없이 물을 굽어보았다. 가로등 빛이 닿으면 이따금 반짝였으나 물은 검고 차갑게 일렁였다.

삶도 그랬다. 인생에는 더러 반짝이는 순간도 있었다. 하지만 대체로 삶은 어둡고 차갑고 깊이를 알 수 없는 수렁 같았다. 그러니까 지금 내려다보이는 강물은 삶이 종착할 장소로 딱 알맞았다.

김성곤의 삶은 대체로 엉망이었다. 그에게 주어진 인생이 한장의 흰 천이었다면 50년 가까운 세월 동안 그는 그 위를 엉망진창으로 내달렸다. 남들과 똑같이 지겹도록 단선적인 무늬 끝에 갑자기 나타나는 여러차례의 두서없는 시도들, 험악하게 구긴 자국과 그 모든 걸 봉합하기 위한 헛되고도 조악한 바느질. 그러곤 오려내고 잘라내고 구멍 나고 찢어진. 그래서 더는 그림이라고도 천 조각이라고도 부를 수 없는. 이게 뭐야, 그냥 버려,라는 말이 절로 나오는 잡동사니 같은 것이었다.

어떻게 해도 그 위에 새겨진 것들을 지우거나 구김을 펴거나 그것을 다시 쓸 만한 것으로 만드는 건 불가능했다. 아무리 생각해도 이런 인생이라면 차라리 가지지 않는 편이 나았다. 자기 손으로 명을 놓으려는 사람이 그러하듯 그는 자신의 삶에 대해 그렇게 생각했다. 되돌릴 수 없다면 놓아버리자. 그것이 내게 가장 적합한 판결이니까.

그럼에도 서러움이 비어져나왔다. 어디서부터 이렇게 꼬이기 시작한 거지. 내게도 순수한 시작이라는 때가 있었을 텐데. '순수한 시작'을 생각하자 어머니가 두둥실 떠올랐고 순간 김성곤의 가슴은 먹먹해졌다. 그 믿음과 관용의 상징, 그러나 돌아가시기 전 몇년은 주로 걱정 어린 그늘진 표정이었다. 그 얼굴이 부담스러워 의도치 않은 여러차례의 불효를 저지르는 와중 어머니는 세상을 등졌고 그는 마흔일곱에 고아가 됐다.

김성곤은 눈물을 참으며 숨을 들이켰다. 그래, 엄마는 떠났다. 그렇지만 한명이라도 더 자신을 사랑했던 사람의 눈빛을 확인하고 싶었다. 딸 아영이. 얼마 전까지 그를 바라보던 멸시에 가까운 눈빛이 아닌, 미소 띤 아이의 얼굴이 사무치게 그리웠다. 그는 아영이의 어린 시절 사진을 모아놓은 폴더를 찾으려고 휴대전화를 들었다. 그러나 헤집는 손가락이 실수로 누른 앱에 뜬 건 시퍼렇게 질려 고꾸라진 주식 차트였다.

띠리리링. 날카롭고 경망스러운 벨소리가 울렸다. 아내, 란희였다. 김성곤은 잠깐 망설이다 통화 버튼을 눌렀다. 그 전화가 자신에게 내려진 마지막 동아줄이길 희망했기 때문이다. 미안하다거나 다시 잘해보자거나 돌아와 달라거나 우린 할 수 있다는, 그런 식의 말일지도 모른다고 실낱같은 희망으로 마음 깊은 곳에서 기대했다. 하지만 귀에 쏟아진 건 악다구니 치는 포화였다.

대체,라는 단어로 시작한 따발총은 아영이가 저녁때까지 아빠를 기다리며 혼자 밖을 서성였다는 사실을 집중

포격하며 김성곤의 고막을 초토화시켰다. 아뿔싸. 란희와의 별거 후에도 유일하게, 한달에 두번 있는 아빠로서의 의무 사항을 잊고 있었다. 몇년 전의 일과 똑같다며, 5학년짜리가 혼자 지하철을 타고 한시간이나 뱅뱅 돌다가 스스로 경찰서에 갔던 걸 벌써 잊었느냐고 란희는 실패한 아버지인 그를 몰아세웠다. 핑계를 대자면 이유는 있었다. 오늘은 생에 대한 그의 의지가 완전히 꺾인 날이었고 죽기로 결심한 날이었고 실제로 지금 죽음을 맞이하기 위한 장소에 와 있지 않은가.

그러거나 말거나. 수화기 너머 란희는 지옥에서 강림한 악마처럼 저주를 퍼부었다.

──당신은 절대 안 바뀌어. 네 박복은 너 스스로 부른 거야. 그게 지금 이 꼴을 만든 거야. 너는 절대 안 바뀌어! 그렇게 살다가 그 꼴로 죽어버려! 꺼져서 썩어 문드러져 버리라고!

날카로운 목소리엔 단지 남편에 대한 저주가 아니라 인생에 대한 란희의 처절한 원통함이 실려 있었다. 속속들이 박힌 미움과 절절하게 끓는 증오의 말들을 끝까지 들을 수가 없어서 김성곤은 전화를 끊고 아예 전원을 껐다. 대체로 그는 아내의 전화를 그런 식으로 대응해왔다.

심장이 두근댔다.

란희는 원래 착한 사람이었다. 화라는 걸 1부터 10까지 열 단계로 나눈다면 란희의 타고난 성품은 아무리 큰 자극에도 3 이상의 화를 생산해내지 못하는 쪽에 가까웠다. 그런데 언젠가부터 란희의 화는 성곤에게만큼은 1에서 100까지 순식간에 뛰었다. 내 잘못일까, 란희의 잘못일까. 성곤은 생각하다가 고개를 저었다. 뭐든, 이제 와 무슨 소용이랴.

갑자기 거세진 강바람의 쉭쉭거리는 소리와 함께 그의 귓전에 남은 건 아내의 저주였다. 넌 절대 안 바뀌어. 그렇게 살다가 그 꼴로 죽어버려.

그 말이 맞았다. 그는 절대 바뀔 수 없는 인간이었고, 그러지 않아도 이 꼴로 막 죽으려던 참이었으니까. 결과적으로 란희의 말은 언제나 맞았다. 그럼에도 성곤은 끝끝내 아내에게 당신이 옳다고 말한 적이 없었다. 잘못했다고도, 내가 잘못 생각했었다고도 말하지 않았다. 말하지 못한 게 아니라 말하지 않았다. 잘못을 인정하는 대신 틀린 줄 알면서도 끝까지 논리를 만들어내 맞섰고 화해하는 대신 각을 세웠으며 적당히 지는 대신 더 크게 헐뜯고 비방했다. 아내에게, 그래 당신이 맞아, 하고 부드럽게 말하며 살아왔다면 뭐가 달라졌을까.

밀려드는 생각 때문에 그의 맥박은 그 어느 때보다도 빠르게 뛰었다. 곧 멈출 걸 알고 마지막으로 이리 날뛰나. 헛웃음과 함께 눈을 메운 눈물이 볼 위로 흘러내린 순간 김성곤은 몸을 부르르 떨었다. 어머니와 딸, 란희를 떠올린 짧은 시간 동안 바람이 무섭게 차가워진 것이다.

김성곤은 낮에 본 반팔티셔츠와 반바지 차림의 사람들을 떠올렸다. 11월의 이상기온으로 밤에도 20도가 넘을 거라는 예보를 듣고 이 자리에 선 그였다. 그러나 현재 기온은 2도였다. 물속은 더 차가울 것이었다. 망할 기상청. 김성곤은 몸을 한번 더, 조금 전보다 심하게 떨었다. 들끓던 생각도 칼바람 앞에선 얼어붙었다. 2도가 이렇게 낮은 온도였던가. 영하 13도에서도 멀쩡했던 기억이 있는데. 하긴, 절대온도가 중요한 게 아니라 전날보다 얼마나 추운지가 중요한 거지. 그게 바로 체감온도라는 거야. 지금도 마찬가지지. 남들이 어떻게 생각하든 간에 내가 죽고 싶다고, 죽어야겠다고 느끼는 이 체감이 중요한 거라고. 김성곤은 생각했다. 말마따나 그의 체감온도는 몸으로 보나 마음으로 보나 그 어느 때보다도 낮았다.

김성곤은 자신도 모르게 손을 주머니 안으로 밀어 넣

었다. 추위에 곱았던 손가락들이 일말의 온기에 안도의 한숨을 내쉬는 것 같았다. 김성곤은 작게 숨을 토했다. 죽음에 대한 의지만은 강력했다. 그것만큼은 의심할 여지가 없었다. 그러나 여기서 김성곤 안드레아는 운명적인, 혹은 아주 바보 같은 결심을 하게 된다. 죽는 방법을 바꾸기로 한 것이다.

훗날, 그러니까 앞서 언급한 2년 후, 강물에 몸을 던지기 직전 김성곤은 그날의 결정이 실수였을지 운명이었을지 오랫동안 저울질했고, 실수로 결론 내렸다. 그 결정이 아니었다면 결과적으로 허비한 2년이라는 시간을 아낄 수 있었을 테니까.

어쨌든 이날 그를 다리 위에서 끌어내린 건 누군가의 격려도 위로도 아닌, 매섭도록 차가운 칼바람이었다. 많은 사람에겐 그 밤의 갑작스러운 추위가 감기를 유발했지만 적어도 김성곤 안드레아에게만큼은 때 아닌 칼바람이 삶의 방패가 되어준 셈이다.

2

김성곤은 코트를 여미고 걷기 시작했다. 걸음은 그의 몸을 에워싼 한기를 천천히 걷어냈다. 강둑을 벗어나자 바람도 잦아들어 차가운 공기가 더는 위협적으로 느껴지지 않았다. 하지만 다시 돌아가기엔 뭔가 석연치 않았다. 오늘 밤은 강과 인연이 아니었다. 아무래도 물은 너무 차가울 테니까.

여전히 죽음을 궁리하며 김성곤 안드레아는 절망에 푹 잠긴 채 무거운 걸음을 옮겼다. 길이 꺾어질 땐 함께 꺾어지고 길을 건너야 할 땐 생각 없이 건너다보니 한시간가량 지나 그가 다다른 곳은 지하철 4호선 서울역 지하였다.

역사 안에 들어선 그는 노숙인들이 잠을 자기 위해 펼친 종이 집을 지나쳤다. 구석에서 한무리의 노숙인들이 화담 중이었다. 풀린 눈, 형형한 눈, 게슴츠레한 눈이 차례로 그를 훑었다. 김성곤 안드레아는 그들 한가운데 성수처럼 모셔진 초록색 소주병을 지나쳐 또다른 서울역, 그러니까 KTX 서울역으로 올라갔다. 조금 전과는 다른 썰렁한 기운이 훅 끼쳤다. 바깥의 추위가 그저 매서웠다면, 지하철 서울역 안의 추위가 행인과 노숙인들의 체온에 눅눅하게 누그러졌다면, 이곳을 점령한 추위는 성질이 달랐다. 오는 이도 가는 이도 각자의 임무를 마친 늦은 밤, 불필요하게 커다란 역사가 허전한 민낯을 드러내고 있었다. 공허하고 외롭고 갈데없는 공기가 모여 써늘하고 묵직한 기운을 자아냈다.

　김성곤은 터덜터덜 걷다가 역사 중앙의 텔레비전 앞에 멈췄다. 텔레비전 소리가 왕왕 울렸다. 이 소리가 평소에도 이렇게 컸던가. 선거철이나 명절 풍경을 그리는 뉴스 자료화면에서 서울역 TV 앞에 모여 앉은 사람들의 모습을 숱하게 봐왔음에도 불구하고 뭔가 이상했다. 서울역 TV는 인파와 대중의 시선을 표현하기 위한 장치였다. 머릿속에서 그 장면은 언제나 인파의 소음이나 뉴스 보도에 묻힌 무음 상태였다. 그러나 지금 눈앞의 텔레비전에서 흘러나오는 소리는 필요 이상으로 컸고 TV의 존재감은 그보다 더 컸다. 김성곤은 이상한 마력에 이끌려 그 앞에 길게 놓인 의자 중 하나에 주섬주섬 자리를 잡았다. 추위에 굳은 몸을 숙이자 몸 여기저기서 뚝뚝 소리가 들리는 것 같았다. 몇줄 앞 대각선 자리에 앉아 있는 노숙인 한명이 보였다. 그의 손에도 소주병이 들려 있었다. 노숙인은 TV 화면을 지그시 바라보며 가끔씩 병을 들어올려 술을 삼켰다.

로켓, 우주선, 위성 등의 화면과 함께, 우주로 가는 시대, 당신은 무엇을 하시겠습니까,라는 전혀 와닿지 않는 카피가 뜨더니 뉴스에서 자주 본 외국의 CEO가 등장했다. 글렌 굴드라는 이름의 스웨덴계 미국인 사업가는, 유명한 피아니스트 글렌 굴드와 동명이라는 사실로 회자돼 노넷이라는 회사를 설립한 젊은 천재였다. 노넷은 태양계의 여덟개 행성과 글렌 굴드가 개척할 나머지 우주 전체가 벌일 9중주의 대향연이라는 의미로, 글렌 굴드는 그 수상한 작명법만큼이나 남들이 상상하지 못하는 이런저런 두서없는 일들을 벌였고 그럼에도 모든 분야에서 성공을 거두며 이제는 농담처럼 던지는 한마디 말로도 월가의 주가를 오르락내리락하게 하는 자였다.

TV에서는 굴드의 인생을 그린 다큐가 나오고 있었다. 무모한 도전, 실패, 성공, 또다시 실패, 실패, 실패, 마침내 성공, 또 실패, 그러곤 다시 성공, 성공, 연이은 성공 끝에 전설적인 인물로 자리 잡아 현재도 지치지 않고 성공 중. 지금의 자리에 서기까지의 인생이 한편의 드라마처럼 그려졌다.

절대 깨지지 않을 성공이라는 현재 시점에서 돌아본 글렌 굴드의 지난 실패들은 정당하고 필수 불가결했으며 그의 시도를 거절하거나 비웃었던, 그래서 결과적으론 성공을 걷어차버린 자들은 진화론을 부정했던 종교인들처럼 한심하고 우매해 보였다. 글렌 굴드는 모험가였으며 개척자였고 모두가 안 된다는 일을 해낸 뒤 결국 모든 걸 가졌으니까.

그가 출연한 어느 토크쇼에서 방청객 중 하나가 글렌 굴드에게 성공의 비밀을 물었다. 글렌 굴드는 특유의 깍지 끼는 제스처를 선보이며 이렇게 말했다. 그의 목소리는 성우의 목소리로 더빙되어 옛날 외화처럼 묘한 느낌을 자아냈다.

　─대부분의 사람들은 성공이 노력과 행운의 결합이라 생각하겠죠. 그러나 제 생각은 다릅니다. 사람들은 항상 말하죠. 우린 변화의 시대에 살고 있다고요. 하지만 우린 변하지 않아요. 그냥 변하지 않는 게 아닙니다. 결코! 변하지 않아요. 어떻게 변할 건지 매번 찾아 헤매지만 결국은 결코, 전혀! 변하지 않죠. 최근 당신이 겪은 일 중에 이건 정말 획기적인 변화였다고 자부할 만한 게 있나요? 아마도 많지는 않을 겁니다.

글렌 굴드가 질문을 던진 방청객을 향해 말했다. 방청객이 머리를 긁적이자 그는 자신 있게 말을 이었다.

—상심하지 마세요. 변하는 건 자연적인 것뿐이에요. 나이라든가, 당신의 이마 위에 새겨진 주름의 개수 같은 것 말이죠. 아, 오해하지 마세요. 여기서 당신은 '당신'이 아니라 '우리 모두'를 말하는 거니까요.

　글렌 굴드가 넉살을 부렸다. 따분하고 흔해빠진 얘기였다. 평범한 사람들에게 헛된 희망을 주고, 스스로를 바보라고 생각하게 만들면서 너희들은 진정한 노력을 하지 않기 때문에 그 자리에 있을 수밖에 없다는 방식의 화법. 이미 성공한 사람만 할 수 있는 결과론적인 말들과 어쭙잖은 여유. 어차피 남들은 안 될 걸 알면서 덧없는 꿈을 꾸게 하는 달콤한 사탕 같은 위로. 김성곤 안드레아의 입가에 조소가 떠올랐다.

　물론 김성곤에게도 그런 말들이 먹히던 때가 있었다. 그는 자기계발서와 트렌드 분석 책을 탐독했으며 마음에 힘이 되는 영상이라면 무조건 클릭하고 구독했다. 김성곤은 영양제나 수액을 맞듯 일정하게 동기부여가 될 만한 것들을 찾았고 실제로 그런 것들은 잠깐이나마 그에게 불끈 힘을 불어넣어주기도 했다. 그것들이 제시하는 바도 대부분 비슷해서 하나의 패턴으로 외울 수 있을 지경이었다. 꿈에 대한 집념을 형상화하고 이미 꿈을 이룬 것처럼 행동하라는 말들. 그런 마음의 다짐으로 소기의 성과를 이룬 듯 보이던 때도 있었다. 그러나 결과는 늘 같았다.

　―진력나는 사기꾼들 같으니.

　김성곤은 중얼거렸다. 바로 그 순간 화면 속 글렌 굴드가 말했다.

　―물론 어떤 사람들은 저를 진력나는 사기꾼들이라 생각하겠죠. 지금 당신처럼요.

　말을 마친 그가 카메라 정면을, 그러니까 김성곤을 힐끗 바라봤다. 김성곤의 팔에 소름이 돋았다. 단어까지 똑같은 표현이라니. 김성곤은 마음을 가다듬었다. 이 정도 우연은 가능했다. 어차피 번역본을 더빙한 것뿐이지 않은가. 그러나 이미 김성곤은 글렌 굴드의 말에 귀를 기울이고 있었다. 저 괴짜 사내의 입에서 무슨 말이 나올지 궁금했다. 그리고 놀랍게도 글렌 굴드는 실시간으로 마음을 읽기라도 하듯 성곤의 머릿속에 떠오른 생각을 말하기 시작했다.

　―알아요, 당신은 이렇게 생각하고 계실 겁니다. 변한다니 말이 쉽지. 어디서부터 뭘 바꿔야 하는데? 미안하지만 제가 그것까지 말씀드릴 수는 없겠네요. 본인 스스로 찾아야 합니다. 설마, 그 정도 성찰도 없이 뭔가를 해보겠

다고 생각하는 건 아니죠?

글렌 굴드가 김성곤을 놀리듯 빈정거렸다. 그런데도 성곤은 그의 다음 말을 기다리며 침을 꼴깍 삼켰다.

— 아, 그리고 가장 중요한 건 말이죠.

글렌 굴드가 목을 가다듬더니 둘째 손가락을 들어 화면을 향해 삿대질을 했다.

— 정말로, 진짜로 행동해야 해요. 언제까지요? 변할 때까지 말이죠. 세상이 변할 거라고 착각하지 마세요. 단언컨대 당신은 결코 세상을 변화시킬 수 없어요. 그런 거짓말에 속지 마세요. 하나만 말씀드리죠. 당신은 오직 당신만을 변화시킬 수 있습니다. 머리끝에서 발끝까지, 모든 게 변할 때까지요.

그가 엉터리 마술사처럼 씩 웃으며 손가락을 튕겼다. 그 순간 화면이 지직거리더니 갑자기 찾아온 한파에 대한 저녁 뉴스로 바뀌었다.

멍하게 경직돼 있던 김성곤은 정신을 차렸다. 풍선에서 바람 빠지듯 입 한쪽에서 픽 비웃음이 새어나왔다. 바뀔 때까지 바꾸라니. 인디언 기우제 같은 소리잖아. 성곤은 콧바람을 뿜다가 멈췄다. 글쎄. 저 글렌 굴드라는 사람을 실제로 만났다면 내 인생이 바뀌었을지도 모르지. 그랬다면 내 사업도 투자 받았을지 모르고. 그랬다면…… 성곤은 의미 없는 상상을 하다 힘없이 자문했다. 하지만 실제로 만났다 해도 내가 이 상태, 이 모습으로 저 사람에게서 뭔갈 끌어낼 수 있었을까.

앞에 앉은 노숙인이 소주병을 들어올렸다. 혼자만의 익숙한 축배인 듯 그의 목울대가 움찔움찔하며 액체를 몸 안으로 부드럽게 흘려 넣었다. 뭐랄까, 아주 노련하고 자연스러운 동작이었다. 그 찰나의 동작에서도 이 생활을 오래한 자만이 가질 수 있는 묘한 안정감이 뿜어져나왔다. 절망도 자포자기도 아니었다. 그건 말 그대로 불변의 안정감이었다. 매일 밤 이 자리에 앉아 텔레비전에서 쏟아지는 불빛을 쬐며 술병을 들어올리는 건 이 허름한 남자에게서 결코 지워낼 수 없는 행위처럼 보였다. 절대 사라질 수 없는 똑같은 루틴, 말하자면 기도 끝에 긋는 성호 같은 거였다.

김성곤은 한번도 해본 적 없는 생각에 사로잡혔다. 조금 전 지하 역사에서 지나쳤던 노숙인들을 떠올리며 그는 다시 한번 대각선 앞의 사내를 힐끗 바라봤다. 언제 어디서나 노숙인이라는 이름을 가진 자들은 굳건하고 끈질기게, 거리의 풍경 한자리를 차지했다. 어떻게 노숙인이 됐는지 제각각의 사연을 뒤로하고 그들은 대체로 비슷했다. 시대나 국적도 상관없었다. 노숙인들은 가진 돈으로 술을 샀다. 적어도 그가 본 남자 노숙인들은 그랬다. 누가 줬든 간에 노숙인의 손에 들어온 돈은 대체로 술값이 된다. 도박꾼의 손에 들어온 돈이 판돈이 되는 것처럼.

김성곤은 앞에 앉은 남자의 때 낀 검은 손가락을 훔쳐봤다. 저 사람의 인생에 마지막으로 가장 큰 변화가 일어난 건 언제였을까. 물론 거리에서 잠을 자기로 결심한 첫날이겠지. 하나 확실한 게 있다면, 첫날부터 떡 진 머리를 하고 더러운 손으로 소주병을 움켜쥐고 있지는 않았을 거라는 점이야. 그저 천천히 가라앉고 풍화돼서 지금에 이르렀겠지. 어쩔 수 없이 말이야.

성곤은 몰래 불손한 생각을 하느라 숨을 죽였다. 그들을 비난하거나 비하하고 싶은 생각은 전혀 없었다. 글렌굴드가 말한 '변화'라는 말이 과연 가능한 것인지 앞에 있는 노숙인을 모델 삼아 머릿속에서 시뮬레이션해보고 싶었을 뿐이다.

아무리 생각해도 결론은 자명했다. 노숙인의 삶은 너무

'안정적'이었다. 그들의 하루하루는 고단하고 희망이 없겠지만 이미 그 상태와 패턴은 되돌릴 수 없을 만큼 안정적이었다. 마치 거대한 불순물이 가득 담긴 수조처럼, 탁하고 더럽지만 안정됐다. 그 상태를 바꿔 일반적인 사회 구성원이 되기 위해 수조를 통째로 뒤집어 흔들고 불순물을 걸러내 증류시켜가며 맑은 물이 될 때까지 힘을 들일 사람이 있을까. 힘든 정도가 아니라 철저한 각성과 피 깎는 노력을 요할 테니 세상을 통틀어도 아주 희귀한 축에 속할 거다. 그런데 변화라고? 아니. 사람은 바뀔 수 없어. 어린이나 청소년, 넉넉하게 20대 초반까지는 가능하겠지. 하지만 인간은 기본적으로 뭘 입력하든 결국 정해진 결과값을 내는 고지식한 함수일 뿐이야. 김성곤은 자기도 모르게 고개를 절레절레 저었다.

　그 순간 배에서 꼬르륵 소리가 나자 김성곤은 다시 답 없는 현실로 돌아왔다. 짜증이 났다. 죽음 직전 추위 때문에 삶을 연장시켰더니 기껏 느껴지는 게 허기라니. 어쩔 수 없이 물에서 끌어냈더니 밥을 달라고 손을 내미는 거지가 떠올랐다. 뻔뻔스러운 몸뚱이가 저주스러웠다. 계속 생각에 절여지면서도 연료를 달라고 아우성치는 몹쓸 유기체 신세에서 한시바삐 벗어나 철저히 무화되고 싶었다.

때마침 아주 좋은 생각이 김성곤의 뇌리를 스쳤다. 연탄. 왜 그 생각을 못했을까. 그래, 연탄 한장이면 족하다. 그러면 따뜻하고 편안하게, 잠들듯 자기도 모르게 원하는 곳으로 갈 수 있을 것이다, 아마도.

서울역을 빠져나오는 길에 김성곤은 도시 한중간에 달처럼 뜬 빛나는 전광판을 바라봤다.

자세를 바꾸면 인생이 달라집니다.

고리타분한 카피의 의자 광고였다. 성곤은 허리를 펴고 곧추서볼까 아주 짧게 망설였으나, 마음속에서 소용없다는 말이 들리기도 전 멍한 얼굴로 걸음을 옮겼다.

3

김성곤 안드레아는 마트에 들러 연탄과 번개탄을 산 뒤 오피스텔 주차장에 세워둔 차에 올라탔다. 다시는 탈 일이 없을 거라 생각했던 구형 소나타가 그를 동네 뒤편의 작은 언덕으로 충실히 데려다줬다. 야트막한 산으로 이어진 언덕 옆은 오래된 주택가였으나 인적이 드문 곳이었다. 그는 소주를 한병 통째로 들이붓고 마지막으로 담배를 한대 피우기 위해 차에서 내렸다. 하지만 라이터를 켜기도 전 누군가가 맞은편에서 차를 빼달라고 경적을 울리는 바람에 그가 행하려던 최후의 의식은 또 한차례 방해됐다.

— 잠깐 뒤로 빼주세요!

차창 문을 내린 남자가 활기차게 요구했다. 제기랄, 김성곤은 담배를 던지며 타이어를 꽝 걷어차곤 비틀대는 걸음으로 차에 올라탔다. 왜 이런 것까지 맘대로 안 돼! 왜 죽기 직전까지 음주운전을 하게 만드냐고! 그는 소리치며 난폭하게 차를 후진했다.

마주 오던 차 안의 남자가 놀란 눈으로 휙 액셀을 밟아 사라졌다. 그 안에 작은 아기가 탄 걸 본 성곤은 후회했다. 이제는 삶의 마지막 장면을 조금이라도 여유 있게 장식하는 것도 포기했다. 죽음이 자꾸 좌절되는 게 짜증 날 뿐이었다. 빨리 도망가고 싶었다. 김성곤은 라이터를 올리고 연탄에 불을 붙였다. 작고 빨간 불빛을 노려보며 그는 간절하게 바랐다. 제발. 그는 마지막으로 중얼거렸다. 좀 끝내자.

4

김성곤은 힘겹게 눈을 떴다. 눈부시도록 강한 백색 광선이 몸 위로 쏟아져내렸다. 그는 높은 곳에서 어딘가를 향해 움직이고 있었다. 아직 차 안이었다. 정확히 말하면 움직이는 차 안. 운전하고 있지 않은데 차가 움직이다니. 자율주행차가 아닌 걸 고려하면 있기 힘든 일이었다.

풍경은 그의 의지와 상관없이 천천히 흘러가고 있었다. 그렇다면 이곳은 천국인가.

그러나 천국이라 하기엔 뭔가 미심쩍었다. 공사 중인 도로와 전봇대 수리 중인 인부들. 이런 사납고 어수선한 풍경이 천국일 리는 없었다. 그렇다고 지옥이라고 이름 붙이기엔 또 너무 밍밍한 풍경이었다. 좋다고 하기엔 그저 그렇고, 나쁘다고 보기에도 심히 시시한 이곳의 이름은 바로 현실이었다. 그리고 바라는 대로 되지 않는다는 점에서 삶은 오늘도 어제와 같았다.

김성곤은 한쪽 눈을 다른 쪽보다 더 크게, 그러나 여전히 찌푸린 상태로 부릅뜬 채 이 탐탁잖은 상황을 파악하기 시작했다. 꺼진 연탄, 열린 뒷문 그리고 굴러다니는 소주병. 어제 차를 빼려고 문을 열 때 창문을 완전히 닫지 않았던 것이다. 찬 공기가 빠르게 차 안의 공기를 환기하면서 일산화탄소의 위력을 약화시켰고 소주는 문틈으로 새어 들어오는 냉기를 잊게 할 만큼 그의 몸을 덥혔으며 체온이 내려가기 전 추위가 급히 물러나는 바람에 기온은 어느새 봄 날씨보다도 따뜻해졌다.

그러니까 지금 김성곤은 그가 겪어낸 절망과 상관없이, 다만 불법주차를 한 취객의 신분으로 차에 탄 채 견인되는 중이었다. 누군가는 이 상황을 억세게 운 좋은 기적이라고 말할지도 모르겠다. 하지만 이 장면이야말로 김성곤이 오늘날에 이르기까지 어떤 삶을 살았는지에 대한 방증이기도 했다. 꼼꼼하지 못하고, 운때를 못 잡고, 충동적으로 계획을 바꾸다가, 망했다. 그리고 그 사실을 깨달은 직후 오늘도 그는 그답게 반응하는 중이었다.

── 제기랄, 씨발, 좆같은, 미친!

견인되는 차 안에서 운전대를 내리치며 욕을 퍼붓는 남자의 광경이란 꽤 대단해서, 지나가던 사람들은 그 욕이 단지 견인된 상황에 대한 화풀이라고 생각하며 그를 올려다보고 피식거렸다. 그중 몇과 눈이 마주친 김성곤은 포기한 듯 운전석 등받이로 털썩 몸을 기댔다. 무한리필 족발집의 광고 풍선이 약 올리듯 한쪽 팔을 나풀거리며 그의 실패한 죽음을 조롱했다.

그는 견인을 처리하고, 집으로, 정확히는 집이 아니지만 집이라 불러야 하는 곳으로 돌아왔다. 싸늘한 공간에 불을 지피고 컵라면에 물을 부어, 면이 익기도 전에 몸 안에 밀어 넣으며 지겨운 알람 같은 굶주림과 골치 아픈 취기를 다소나마 잠재웠다. 거울을 보자 피곤에 전 한심한 얼굴이 자신을 바라봤다. 아무것에도 이겨보지 못한, 죽음에게조차 져버린 남자의 얼굴이 말이다.

　어떤 의미에서 김성곤은 확인한 셈이었다. 그의 존재와 무관하게 세상은 변함없이 돌아간다는 사실을. 그러나 죽음에게서 외면받았음에도 김성곤에게 살아 있다는 사실은 전혀 다행스럽거나 달가운 일이 아니었다. 삶은 어떤 지겨운 상태의 영원한 연장일 뿐이었다. 그리고 거울 속 남자의 얼굴에서는 모든 빛이 꺼져 있었다. 심지어 죽음에 대한 이글거리는 열망조차 오늘은 맥없이 꺾여버린 상태였다. 그러므로 김성곤 안드레아는 다시 죽음이 그의 강렬한 꿈이 될 때까지 버텨야 했다.

　그건 달리 말하면 그가 삶 안으로 강제로 밀어 넣어졌다는 뜻이기도 했다.

5

이쯤에서 우리는 김성곤 안드레아가 어떤 삶을 살았는지 살펴볼 필요가 있다. 이렇게 시작하자. 당신은 길을 가다가 어떤 중년 남자와 부딪혔다. 그러자 당신을 휙 쳐다보고 실례했다는 뜻인지 위아래로 훑는 건지 애매하게 고개를 까닥이고는 다시 걸음을 옮기는 무표정한 남자. 세월이 살을 조금씩 집어삼킨 듯 가운데가 볼록한 배에 끝이 희끗희끗한 머리, 무뚝뚝하고 성마른 표정. 아무리 생각해도 별로 특징적일 게 없어서 그 일을 묘사하려면 오십 전후로 보이는 남자와 부딪혔다는 것 말고는 떠오를 말이 없을 것 같은, 아니, 돌아선 순간 부딪혔다는 사실조차 잊어버리게 될 어떤 사람. 바꿔 말하면 이제 인생이 막 저물기 시작하려는 나이대의 남자들 중 흔하게 볼 수 있는 아주 평범한 사람, 그게 김성곤 안드레아다.

그렇다면 사회적으로는 어떤가. 이런 사람을 떠올리면 된다. 매번 어떤 일을 호기롭게 벌이고 뒷수습은 남들이 하게 만드는 사람, 좋게 말하면 사업가 기질이 있으나 나쁘게 말하면 일단 호언장담으로 무장해, 진격해야 할 때 돌격하고 한발 물러서야 할 때 위로 껑충 뛰고 신중하게 지켜봐야 할 땐 누구보다도 빠르게 도망치는 사람. 그리고, 아니 그래서, 매우 애석하게도, 결과적으로는 한번도 인생에서 큰 성공을 맛본 적이 없는 사람.

가정으로 향하면 문제는 심각해진다. 가족에게 하는 칭찬이 매우 인색한 사람. 자신은 칭찬이라 생각하고 던진 말이 상대에겐 칭찬으로 전달되지 않는 사람. 사소한 일에 핀잔을 주고 성이 나면 가장 가까운 사람에게 제일 먼저 감정을 드러내는, 밖에서보다 조금 더 별로인 아버지이자 남편.

김성곤은 그러한 사람이었다.

물론 그에게도 장점이 있기는 했다. 한때는 몇사람에게 꽤 특별한 사람이었던 적도 있었고 더 어렸을 때는 사랑받아 마땅한 존재였던 시절도 분명 거쳐왔다. 그러나 지금은 말하자면 빛이 바래, 좋게 말해야 겨우 평범한, 실은 '그저 그런'에 가까운 상태에 이르렀으며 장점은 눈을 씻고 찾으려고 노력해야 겨우 몇가지쯤 발견할 수 있는 수준이었다. 그 과정과 결과가 본인이 목표한 것은 아니었으므로 현상황은 결코 만족스러운 결과는 아니라 하겠다.

김성곤 안드레아는 철도 공무원으로 일하는 아버지와 가정주부인 어머니 밑에서 당시로서는 드물게 독자로 태어났다. 성실하지만 고지식한 공무원이었던 아버지는 집안의 모든 것을 규칙으로 만들어 수행돼야 할 것들을 열차 시간표처럼 작성해 벽에 붙여두는 사람이었다. 육군 교관 출신이었던 그의 애장품은 은색 호루라기였는데, 규칙이 지켜지지 않을 때마다 그 호루라기는 날선 경고음을 내며 삑 울렸다. 이래도 삑 저래도 삑, 대들어도 삑 반발해도 삑, 호루라기가 울리지 않는 날이란 거의 없었다. 그런 숨 막히는 집에서 어머니의 유일한 탈출구는 하느님의 경건한 뜰로 피신하는 것이었다.

까마득한 어느 유년의 봄날 김성곤은 어머니, 그러니까 최용순 글라라의 품에 안겨 성당에 처음 발길을 들였다. 곧 영문을 알 수 없는 물세례, 아니 유아세례를 받은 뒤 그는 안드레아라는 제2의 이름을 갖게 됐다. 순교자 김대건 신부의 세례명을 딴 이름이었다.

그러나 어머니의 기대와 달리 안드레아는 미사 시간마다 떠들고 장난을 치는 바람에, 한동안 말썽꾸러기들만 모아놓는 통유리 방에서 다른 말썽꾸러기들과 함께 멀찌감치서 미사를 바라봐야 했다. 차라리 그 방 안에 계속 있었다면 좋았겠지만 조립식 장난감을 담보로 이를 악물고 치른 견진성사, 어머니 글라라의 강요, 그리고 신부님의 지명으로 복사가 된 후, 몸에 맞지 않은 옷을 입은 안드레아의 행동은 더욱 주목받았다.

신부님의 잔에 포도맛 환타를 채우는 건 기본이요, 찬송가를 부르지 않고 입만 뻥긋거리다 들켰으며 말썽꾸러기 방에서 해방된 다른 말썽꾸러기들과 미사 도중 눈이 마주칠 때면 그들이 짓는 온갖 장난스럽고 해괴한 표정들을 보고도 경건한 척하느라 괴로웠다.

그러던 어느 새벽 성곤의 어머니 글라라는 그녀의 아들 안드레아가 자신보다도 먼저 일어나 옷을 차려입고 침대맡에 무릎을 꿇은 채 기도하는 성스러운 장면을 목격하게 된다. 더없이 유순한 얼굴로 갑자기 엄마를 어머니라 칭하며 어서 성당에 가자고 말하는 아들의 모습에 그녀가 성호를 그었음은 물론이다. 그뒤 성곤이 행한 복사로서의 역할도 엄숙하고 꼼꼼해져, 신부님조차 이 아이에게 성령이 내렸다며 기특해했다. 물론 그들은 그 변화의 이유가 얼마 전 본당에 출현한 이주희 율리아 때문이라는 걸 알 길이 없었다.

열두살의 봄 성곤에게 찾아온 첫사랑은, 그의 세계관을 바꿀 만큼 충격적이었다. 본디 성곤은 무신론자였다. 성당에 가는 건 공부에 대한 면제의 시간일 뿐이요, 복사의 신분은 잘 참기만 하면 어머니에게 용돈을 받는 아르바이트일 뿐이었다. 게다가 어느 꼬맹이가 "저 형, 원피스 입었어"라고 말하는 걸 들은 뒤부터 성곤에게 복사 노릇이란 목욕 가운을 연상시키는 희멀건 옷에 빨간 망토를 두른 채 모두의 앞에 석상처럼 서서 고문의 시간을 견디는 일일 뿐이었다.

그러나 어느 나른한 오후, 성의 없이 찬송가를 부르다 우연히 이주희 율리아를 본 성곤은 숨을 멈췄다. 세상에서 가장 맑고 깨끗한 존재가 하느님을 찬양하고 있었다. 스테인드글라스를 통해 들어온 빛이 율리아의 면사포에 내려앉고 다음 순간 율리아와 눈이 마주쳤을 때 김성곤 안드레아는 신을 믿을 수밖에 없었다.

율리아와 제대로 말도 해보기 전에 그의 순수한 열정을 파멸로 이끈 건 그의 친구 박규팔 야곱이었다. 말썽꾸러기 방에서 알게 된 규팔은 성곤과 몇가지 굵직한 공통점, 즉 독재자 아버지, 독실한 어머니, 그리고 신에 대한 합리적 의심을 토대로 그와 유대감을 쌓아온 터였다. 성곤의 갈등은 그가 막 신을 믿기로 한 직후 규팔이 묘한 제안을 하면서 시작됐다.

─ 예수의 몸이 세례받은 사람한테만 주어진다는 게

좀 그렇지 않냐? 다 같은 하느님의 어린양 아니야?

어느 날 성당 뒤뜰에서 폴라포를 먹던 규팔이 얼음을 뱉어내며 툭 던졌다. 마리아상 앞의 촛불을 정리하던 성곤이 되물었다.

—그게 무슨 말이야?

—너처럼 고귀하신 복사님이 우리같이 미천한 자들을 도와야 하는 거 아니냐고.

아직 세례를 받지 못한 규팔이 비꼬며 말했다. 성곤은 규팔이 첫영성체를 거부한 뒤 미사 때마다 다른 말썽꾸러기들과 함께 영성체 받는 사람들을 유심히 노려본다는 사실을 알고 있었다.

—방법이 없잖아.

—방법은 만들면 생기는 거야.

규팔이 말하더니 성곤에게 몇마디를 속닥댔다. 듣는 순간 탐탁지 않았다. 하지만 이 제안에 응하지 않으면 성곤은 자신의 결백, 그러니까 자신이 성당의 권위자들과 결탁하지 않았다는 사실을 증명할 방법이 없었다. 규팔은 수면 위로 떠오르는 성곤의 양심을 이렇게 가라앉혔다.

—딱 한번이라니까!

그리하여 성곤은 야곱의 주먹에 주먹을 맞댐으로써 거

래의 성사에 사인을 한 것이었다.

　때는 어느 일요일 오후, 모든 미사가 끝난 후였다. 성곤은 아이들을 영성체와 포도주가 있는 창고 방으로 안내했다. 복사 옷을 입고 줄지어 선 아이들의 어깨를 하나씩 밀며 망을 보는 성곤의 모습은 마치 밀입국을 주도하는 부패 관리인을 연상시켰다.

　그때 문득 성곤은 이상한 낌새를 느꼈다. 자신보다 일곱발자국쯤 앞에 선 규팔에게, 아이들이 동전을 짤랑거리며 내주고 있는 것이었다. 규팔이 능숙한 건달처럼 동전을 내지 않은 아이의 어깨를 잡으며 입장을 막자 그 아이는 옆에 선 친구에게 돈을 빌려 규팔에게 건네고 서둘러 창고로 들어갔다.

　─뭐 하는 짓이야?

　성곤이 속삭이듯 외치자 규팔은 쩝 소리를 냈다.

　─너한테도 나눠줄게.

　─이건 아니잖아. 난 신을 팔 생각은 없어!

　그러자 규팔은 창고 안에 줄지어 세워진 '성수'통과 '영성체' 박스, 구석에 즐비한 마주앙 포도주병을 가리키며 으르렁댔다.

─그럼 이건 뭔데? 하느님을 공장에서 만드냐? 이건 신이 아니라 그냥 음료수와 빵이야. 어차피 우린 서로를 사고팔기 위해 태어난 거라고.

성곤도 예수의 몸과 피가 왜 늘 자루 속에 담겨 창고에 보관되는지 의문이긴 했고 그 이유가 지금의 공모에 협조하고 있는 까닭이기도 했다. 야곱이 때때로 성금 주머니에 돈을 넣는 척하며 동전을 한움큼씩 집는 걸 눈감아준 성곤이었지만 이건 명백히 선을 넘는 행위였다. 설사 빵으로 만든 신이라도 돈을 받고 팔아서는 안 되는 거였다.

─당장 그만둬.

성곤은 나름대로 맞서 싸웠지만 그 말이 끝나기도 전 그는 규팔의 억센 힘에 밀려 뒷걸음질 치고 있었다.

─넌 밖에 나가 있어. 망이나 보라고, 새끼야!

규팔이 성곤을 풀썩 밀며 거칠게 문을 닫았다. 김성곤 안드레아는 문을 쾅쾅 두드렸지만 돌아온 건 야곱의 야비한 한마디뿐이었다.

─조용히 있는 게 너한테도 좋을 거다. 알려져서 좋을 거 없으니까.

성곤의 벌어진 입이 조금 떨렸다. 그는 때늦은 기도를 올렸다. 규팔의 말대로 딱 한번이니까 모든 게 얼른 무사히 끝나게 해달라고. 하지만 신은 즉각 심판을 내렸다. 조마조마하고 간절한 마음으로 기도하는 와중 복도 끝에서부터 발소리가 들리기 시작한 것이다. 성곤은 눈을 번쩍 떴고 그 순간 경악했다. 율리아, 한번도 말 걸어본 적 없는 율리아가 신부님과 함께 이쪽을 향해 걸어오고 있었다. 가장 아름다워야 할 장면이 이토록 끔찍하게 느껴지다니. 제발. 성곤은 속으로 애원했으나 이미 신부는 의심스러운 표정으로 그를 향해 직진하고 있었다. 성곤은 문을 몸으로 가린 채 고개를 저었다. 그러나 신부가 괴력에 가까운 힘으로 성곤을 밀어내고 창고 문을 연 순간 죄와 탐욕의 광경이 만천하에 드러났다. 영성체를 계란 과자처럼 입에 쑤셔 넣는 아이들과 낡은 나무 사다리 위에 앉아 신부의 금잔에 담긴 포도주를 홀짝이며 돈을 세고 있는 규팔, 그리고 이 모든 일의 주동자임이 분명한, 김성곤 안드레아가.

신부는 성호를 그으며 전율하는 눈빛으로 성곤을 돌아봤다. 성곤은 고개를 절레절레 저으며 신의 구원을 기다렸으나 그에게 돌아온 건 실망한 율리아의 낙인 같은 표정뿐이었다.

6

시의적절하게 근무처가 바뀐 아버지를 따라 성곤의 가족은 경기도 북부, 새로운 터전에서 삶을 시작했다. 청소년기의 시작이 맞물리면서 성곤은 성당에 발길을 끊었고 율리아와 규팔은 그의 삶에서 자연스럽게 희미해졌다. 이제 성곤의 삶은 불경과도 경건과도 상관없이 단조롭게 흘렀다. 아버지는 여전히 호루라기를 불었지만 빈도수가 점차 줄었고, 신의 가호를 입은 어머니는 조금씩 가정에서의 세를 불리더니 어느 날 호루라기를 아버지 몰래 버리는 데 성공했다.

성곤은 커다란 일탈 없이 일단 성실히, 남들이 하는 것처럼, 정해진 코스대로 중고등학교 시절을 보내고 대학에 입학했다. 꿈 같은 건 생각해본 적도 없이 성적에 맞춰 학교를 선택한 그에게 안드레아라는 이름도 잊힌 지 오래였다.

안드레아라는 이름이 다시 각인된 건 대학교 1학년 스페인어 초급 회화 계절 수업에서였다. 첫날부터 지각한 수업에서 이미 사람들은 일대일로 짝을 지어 대화를 나누고 있었다. 마침 잘됐다며 끝자리를 가리키는 강사의 손짓에 따라 김성곤은 구석에 앉아 있는 여학생을 향해 다가갔다. 그리고 두번째 첫사랑이라 정의해야 할 누군가와 마주쳤다.

　─안녕.

　깜찍하고 발랄한 여자아이가 인사를 건넸다. 말끝을 올리지도 않았는데 음절마다 상쾌한 기포가 터지는 것 같았다. 성곤은 외국어 수업에서 외국 이름을 쓸 생각이 전혀 없었다. 그러나 여자아이가 단발머리를 찰랑거리며 이름을 말하는 순간 그의 마음은 바뀌었다.

　─난 차은향. 여기선 카타리나.

　여자아이가 미소 지었다.

　─영어 이름은 캐서린, 프랑스어 이름은 카트린느. 스페인어 이름은 카타리나. 그냥 캣이라고 불러.

　그 애가 길게 덧붙이더니 또 제풀에 까르르 웃었다.

　─난, 나는……

　성곤은 우물쭈물하다가 아주 오래전에 가져본 적이 있던 이름을 말했다.

　─안드레아. 김성, 곤안드, 레아.

　왜인지 말이 자꾸 끊겨 나왔다.

　─안드레아? 멋진 이름이네.

　캣의 말에 성곤은 발음도 낯설어진 그 이름을 오랜만

에 되뇌었다. 캣이 킥킥거리는 소리에 가슴속에 탄산이 퍼져나갔다. 그 학기 내내 그는 캣과 서툴지만 다정한 대화를 이어갔다. 캣은 시원시원하고 멋졌다. 이국적인 외모에 자유로운 생각을 품었지만 막상 행동 하나하나가 침착하고 이성적이라 성곤은 경외에 가까운 심정으로 그녀를 대하는 수밖에 없었다. 가끔은 친한 건지 친하지 않은 건지 헷갈리기도 했다. 확실한 건 캣에 대한 성곤의 마음뿐이었다.

하지만 그의 스페인어 실력이 꽤 늘었을 때, 그래서 캣에 대한 마음을 스페인어로 우회적으로 고백하려 했을 때 운명은 다시 방향을 틀었다. 캣이 미국으로 이민을 가게 되면서였다. 외국 대학으로 편입하게 됐다는 소식을 들은 성곤은 멍한 심정으로 묵묵히 고개를 끄덕였다.

— 왠지 말하기 싫었어, 끝까지.

캣이 먼 곳을 바라보며 말하다 갑자기 성곤을 똑바로 응시했다.

— 왜였을까.

성곤은 대답하지 못했다. 그의 답을 기다리던 캣은 어느 순간 어른스럽게 표정을 정리하더니 주머니 속 카드를 꺼내듯 힘차게 손을 내밀어 악수를 청했다.

─널 알게 된 건 참 괜찮은 일이었어, 안드레아.

성곤은 그 손을 잡았다. 청량하고 맑은 악수였다. 성곤의 가슴속엔 비가 내리고 있었지만 그는 웃으며 캣의 미래에 파이팅을 외쳐주는 수밖에 없었다. 만남부터 헤어짐까지 쿨한 캣이었다.

한동안 캣과 이메일을 주고받았지만 자연스럽게 서로 연락이 뜸해져가는 동안 성곤은 군대를 다녀오고 복학생이 되었다.

7

실패로 돌아간 사랑 끝에 성곤에게 각인된 건 안드레아라는 이름이었다. 왜인지 그뒤부터 그가 겪은 희로애락은 모두 김성곤 안드레아라는 이름과 함께였다고 해도 과언이 아니다. 바에서 칵테일을 만드는 아르바이트를 하면서도, 그 돈을 모아서 간 유럽 배낭여행에서도, 파란 바탕화면의 나우누리 게시판에서 밤새도록 RPG 게임의 시삽으로, 영화퀴즈방, 일명 영퀴방의 죽돌이로 지내면서도 그는 늘 안드레아였다.

안드레아로 불릴 때면 김성곤이라는 이름으로 현실에

착 달라붙어 있던 삶에 한줄기 자유로운 바람이 불어드는 것 같았다. 유년의 치기 어린 불경함도, 어설픈 스페인어로 쌓았던 '사랑과 우정 사이'도 안드레아라는 또다른 신분이 있었기에 가능했던 건지도 모른다. 그는 안드레아라는 이름과 함께 반쯤 하늘을 날다가도 다시 현실에 발붙인 김성곤으로 언제든 돌아올 수 있었다. 그게 김성곤이 자신을 김성곤 안드레아로 소개하게 된 이유이기도 했다.

졸업 후 첫 직장으로 자동차 부품회사의 해외 영업팀에서 일하게 되면서 성곤의 명함에는 '성곤 안드레아 킴'이라는 이름이 새겨졌다. 영어로는 앤디, 친해진 프랑스 바이어 앞에서는 콧소리 가득 담긴 앙드레로 불리며 하루하루를 살아내는 동안 시간은 차근차근 흘렀다. 김성곤은 영퀴방에서 설전을 벌이다가 오프라인에서 만난 직후 불꽃같은 연애를 시작한 란희와 결혼해 아이를 낳았다. 회사 내에서 평가와 실적은 나쁘지 않았고 경력과 자산도 플러스 상태를 유지하며 소복하게 쌓여갔다. 삶은 그럭저럭 순항하는 것처럼 보였다.

그러나 언젠가부터 김성곤의 가슴속에 끈끈하고 질척한 뭔가가 쌓여가기 시작했다. 생활은 점점 무료해졌고 오늘과 내일은 복사한 것처럼 똑같았다. 답답했다. 어느 날 그러한 권태의 이유가 '잘나가는 건 내가 아니라 회사 이기 때문'이라는 걸 깨닫고 난 뒤 그의 심장은 세차게 쿵쿵대기 시작했다.

삶에 제동을 가하는 이유를 알게 된 이상 두가지 중 하나를 선택해야 했다. 이대로 회사의 소모품으로 살 것인가, 아니면 박차고 나와 꿈을 펼쳐볼 것인가.

불행인지 다행인지 당시의 시류는 새로운 도전과 자유로운 삶을 두둔했고, 란희를 제외한 모두가 성곤의 퇴사를 부러움 섞인 눈길로 축복했다. 용기를 주는 말들과 행운을 예감하게 하는 우연이 악마의 속삭임이라는 걸 알아채기에 당시 김성곤 안드레아의 피는 너무 젊고 뜨거웠다.

성곤이 회사에서 나와 처음으로 시작한 일은 잡다한 물건을 파는 쇼핑몰을 연 거였다. 야심차게 사무실을 내고 손톱깎이부터 방독면까지, 소비자가 떠올릴 수 있는 모든 물건을 다루는 온라인 백화점을 꿈꿨으나 아이러니하게도 너무 방대한 판매 목록 때문에 구매자의 시선을 끄는 데 실패했다.

아직 자금은 남아 있었다. 그가 택한 두번째 도전은 고급 원두로 로스팅한 커피전문점이었다. 하지만 가게에서 스무걸음도 안 되는 위치에 고퀄리티를 표방하는 저가 프랜차이즈 커피집이 생기며 맥없이 망했다. 김성곤은 잠깐의 휴식 뒤 유망하다는 3D 프린터 사업에 도전했으나 이번에는 정보 부족으로 물을 먹었다.

그리고 나서도 그는 그만두지 않았다. 주변에서는 그를 오뚝이라고 불렀으나 그들조차 나중엔 '또?'라는 한 단어로 그의 끊임없는 도전, 내지는 사업 중독에 혀를 내두르기 시작했다. 김성곤은 쓰러지면 다시 일어섰고 실패하면 보란 듯 새로 시작했다. 주기는 점점 짧아졌다. 주저앉아 있는 기간은 점점 길어졌지만 그가 또다시 일어서는 것만큼은 변함이 없었다.

하지만 거듭된 재기에는 함정이 숨어 있었다. 김성곤에게는 핵심적인 반성이 없었다. 그는 실패에서 얻은 게 있다고 생각했으나 실은 그렇지 않았다. 그저 기필코, 어떻게 해서든, 이번에는 반드시, 같은 말로 스스로를 다잡고 채찍질했을 뿐 지긋이 반성하고 돌아보기에 김성곤은 너무 성급했다. 어디서 어떤 정보를 들으면 와다다 달려들었고 안되면 어쩐지 찜찜했다고 위안 섞인 변명을 둘러

댔다.

    모아둔 돈은 흐르는 시간 속에 착실히 사라졌고 성곤의 얼굴 위에는 그가 겪은 풍파와도 같은 삶이 조금씩 새겨지기 시작했다. 숱한 고뇌의 밤이 만들어낸 세로 주름, 인간에 대한 의심이 기본으로 장착된 메마른 눈빛과 윤기 없는 태도. 그렇게 그는 점점 더 투박하고 거칠어져갔다.

    김성곤의 삶에 노력하지 않은 순간은 별로 없었다. 그는 가슴 뛰는 꿈을 향해 쉬지 않고 궁리하며 내일을 위해 오늘을 바쳤다. 안주하지 않고 발버둥 치는 삶을 어찌 감히 비난한단 말인가.

    때로는 목표한 바에 꽤 근접한 적도 있었다. 하지만 성과는 결코 길게 이어지지 않았고 그 상태의 다른 이름은 '실패'였다. 그렇게 인생이라는 놈의 농간에 뜻이 접히거나 굽혀지거나 한계에 다다라 가로막힐 때마다 김성곤은 방향을 틀었고 새로운 벽을 맞이했다. 그렇게 질주하다보니 그의 지난날은 차라리 구겨버리는 게 나을 정도로 난삽한 어떤 흔적의 총체가 돼버렸다.

    아주 평범한 사람답게 그는 모든 나쁜 일의 원인을 남 탓으로 돌리기 시작했다. 거래처 사장 탓, 난놈들만 성공하는 시스템 탓, 세상에 가득한 사기꾼과 도둑놈들 탓, 염병할 인생 탓. 노력이 허사가 될 때마다 그 생각들은 촛대 아래로 지저분하게 내려앉은 촛농처럼 하나씩 쌓여 굳어져갔다. 그리고 그런 생각을 더할 때마다 김성곤은 자기도 모르는 사이 점점 더 가망 없는 인간이 돼갔다.

그러나 빛이 꺼진 것처럼 보이는 인생에도 기회가 다가와 문을 두드릴 때가 있다. 그 두드림은 너무 작고 은근해서 예민하지 않은 사람은 쉽게 놓치고 만다.

김성곤 안드레아의 경우 기회의 속삭임은 그날 한강에서 나와 서울역에서 들은 '변화'라는 단어였다. 수없이 들은, 흔하다 못해 귀에도 잘 들어오지 않는, 발에 챌 만큼 평범한 단어는 그날 밤, 왜인지 족쇄처럼 그의 귀 안에 철썩 들러붙어 작은 뿌리를 내렸다.

어떻게 그런 일이 벌어졌을까. 김성곤처럼 둔하고 불만투성이인 사람이 기회의 미세한 노크를 어떻게 감지할 수 있었을까. 그냥 우연이었는지도 모른다. 하지만 어쩌면 그의 심연에서 김성곤 자신이, 동시에 안드레아가 외치고 있어서였는지도 모른다.

지금이 네가 정말로 바뀔 수 있는 마지막 기회라고.

8

정신을 차린 성곤은 주변을 둘러봤다. 짧은 햇빛이 들어오는 작은 창문 하나. 철제 책상 하나. 어디선가 주워 온 간이침대 하나. 그리고 벽면 높이 쌓인 애증의 박스들.

탑처럼 쌓여 있는 박스들을 보자 가슴 한가운데에서 거품이 부글거렸다. 야심찼으나 순식간에 쓸모없어진 물건들. 코로나 바이러스 창궐 초창기, 마스크 대란이 일어났을 때 눈을 번뜩이며 손댔던 마스크 사업. 대박 틈새시장이라고 생각했으나 한발 늦어진, 뒷북 같은 아이템이 그를 얌전히 기다리고 있었다.

높은 대금으로 선납한 마스크들이 점차 쓸모없어지는 동안 바뀐 건 높아진 혈압수치와 좁아진 혈관뿐이었다. 시세보다 훨씬 비싼 값으로 산 마스크였다. 마스크의 시대가 저물고 있었다. 성곤은 이 사업을 핑계로 집을 나와 살고 있었지만 이제 이 비싼 돈을 주고 그의 마스크를 살 사람은 없었다. '정말 이번이 진짜 마지막'이라는 핑계는 좋았지만 그 대가는 벌거에 가까운 삶이었다. 가정경제는 몰락했고 그는 다시 집에 들어갈 기회를 박탈당했다.

성곤은 자신의 삶에서 무엇을 공제해야 하는지 분석해보기로 했다. 일단 주식으로 2억. 대출금 3억 5천. 그밖에 자잘한 금액 약 7천만원. 다 합치면? 그는 계산을 포기했다.

늪에 빠진 기분이었다.

갑자기 솟구친 화에 김성곤은 박스를 밀어제쳤다. 우당탕 소리를 내며 가벼운 박스들이 바닥에 떨어진 순간 그를 꽉 채운 무언가가 터져나왔다. 그는 한마리의 분노한 칠면조처럼 괴성을 지르며 박스를 쓰러뜨리고, 채 닫지 않은 상자에서 삐져나온 마스크들을 손이 닿는 대로 집어 던지기 시작했다. 잡지 못한 죽음에 대한 미련이, 죽음의 문턱까지 그를 이끌었던 바로 그 감정이 다시 이 연약하고 가련한 사내를 찾아왔다. 이런 수렁에 빠지느니 차라리 강에 빠지겠다고 결심했는데! 오늘 다시 말짱하게 현실의 저주에 직면하다니!

김성곤은 박스 틈에 주저앉아 울부짖었다. 아무도 없었기에 망정이지 꽤 볼만한 장면이었다. 짐짝처럼 커다란 사내가 바닥을 때리며 운다. 깃털보다 가벼운 마스크를 사방으로 내던지면서. 흡사 사탕을 빼앗긴 어린아이가 마트에 주저앉아 떼쓰는 모습과 비슷했다.

될 대로 되라는 심정으로 김성곤은 더욱 목 놓아 울었

고 그 바람에 입에서 침까지 쭉 흘러내렸다. 그리고 쓰읍, 던진 요요를 끌어올리듯 바닥에 닿기 직전의 침을 들이켜며 고개를 살짝 든 바로 그때, 그는 벽에 기대놓은 유리 액자에 비친 자신의 모습과 마주쳤다. 액자에 담긴 건 그가 가장 좋아하는 영화 「버디」의 포스터였다.

알몸으로 웅크려 달빛을 응시하는 고독한 버디. 그 왼쪽에 드리워진 커다란 그늘 안에서 한 남자가 짧고 통통한 다리를 바닥에 쭉 뻗은 채 오열하고 있었다. 머리는 헝클어지고 튀어나온 배는 허리춤 밖에 걸터앉혀 있었으며 잔뜩 찌푸린 얼굴은 사납기 그지없었다. 그 남자와 눈이 마주친 김성곤은 동작을 멈췄다. 갑자기 맞닥뜨린 예상 밖의 모습에 놀라 시선을 돌리는 것도 잊은 채 그는 액자 속의 남자를 의심스럽게 바라보며 숨을 몇차례 더 몰아쉬었다. 버디의 깡마른 몸과 비상을 갈망하듯 처연한 눈빛과는 확실히 대조적이었다. 김성곤은 표정을 풀지 않은 채 액자 가까이, 버디 옆의 그림자를 향해, 그러니까 자기 자신을 향해 기다시피 움직였다. 이건 조금 더 근접해서 볼만한 가치가 있었다.

가까이 다가가자 액자는 더욱 어두워져 거울처럼 선명하게 그를 비췄다.

못생겼다.

그 말이 출입구에 매달아놓은 종처럼 머릿속에 저절로 울렸다. 김성곤은 천천히 얼굴 근육의 힘을 뺐다. 찡그린 표정이 가신 뒤에도 머릿속의 종소리는 여전히 맑게 딸랑거리며 울리고 있었다.

못. 생. 겼. 다.

김성곤은 「버디」 액자를 테이블 위에 올려놓고 각도와 거리를 적당히 맞춘 후 뒤로 물러섰다. 이제는 돌아와 거울 앞에 선,이라는 시구가 떠올랐다. 그는 숨을 죽이며 옆으로 천천히 돌아섰다. 자기도 모르게 긴장시켰던 근육을 풀자 무거운 뱃살이 허리춤 밖으로 총 쏘듯 텅 흘러내렸다.

김성곤은 생각에 잠긴 채 몇걸음을 서성이다가 책상 앞에 앉았다. 조금 전까지 그를 사로잡았던 광적인 열기는 가셔 있었다. 막연히 무언가를 찾고 싶다는 생각으로 그는 휴대전화의 사진첩을 뒤적였다. 그러나 그 안엔 캡처한 기사나 주식 차트표, 입금 영수증, 어쩌다 찍힌 황량한 풍경 사진뿐이었다. 성곤은 전화기를 내려놓고 노트북 전원을 켰다. 그리고 클라우드를 뒤적이기 시작했다.

잊어버린 비밀번호를 찾고 휴면 계정을 살리고 휴대전화 데이터를 공유하는 따위의 성가신 절차 끝에, 김성곤은 천천히 과거로 진입했다. 잊고 있던 사진들이 그의 역사를 증명했다. 현재와 멀어질수록 화면 안의 남자는 조금씩 젊어지고 점차 날씬해졌으며 얼굴에 화색이 돌고 주름이 펴졌다. 김성곤은 맹렬히, 무언가 궁금한 심정으로 이 예기치 않은 시간여행에 공을 들였다. 마침내 한 화면이 그의 시선을 사로잡을 때까지.

젊은, 꽤 날렵한 몸매의 남자가 트레이닝 바지와 러닝셔츠 차림으로 딸아이를 안고 거울을 바라보고 있었다. 팔엔 적당히 근육이 잡혀 있고 허리는 곧았으며 덥수룩하게 자라난 머리칼에서는 어디에도 얽매이지 않는 자유가 느껴졌다. 삐죽빼죽한 수염이 그려낸 까뭇까뭇한 턱선마저 매력적이었다. 아름다운 부인이 그에게 기댄 채 미소 짓고 있었고 그에게 안긴 곱슬머리 딸아이가 하늘로 턱을 치켜든 채 햇살보다 환하게 웃고 있었다. 행복한 가족,이라는 테마의 사진 콘테스트에 내면 딱 좋을 법한 사진이었다.

이게 나라고?

김성곤은 충격에 휩싸여 반문했다. 내게 이런 시절이

존재했다고?

현재와 비교하면 모든 게 달랐다. 말 그대로 모든 것이.

다른 때였다면 김성곤은 과거의 사진을 현재의 비참한 처지와 비교하면서 절망적인 기분에만 집중했을 것이다. 하지만 왜인지 이상한 탐구심이 일었다. 그는 사진을 구석구석 유심히 들여다보았다. 표정, 분위기, 한쪽에서 비쳐 들어온 빛까지, 완벽했다. 김성곤의 마음속에 그가 한 번도 꿈꿔본 적 없는 소망이 싹텄다.

그는 사진 속의 남자가 되고 싶었다.

9

그날은 딸 아영이의 세번째 생일이었다. 성곤의 가족은 「오즈의 마법사」에 나오는 겁쟁이 사자가 주인공인 뮤지컬을 예매해둔 상태였다. 그런데 집을 나서기 직전 그들에게 찜찜한 소식이 전해졌다. 배우의 개인적인 스케줄로 당일 공연이 취소됐다는 연락이었다. 잔뜩 기대했던 아영이가 왕 울음을 터뜨렸다. 란희가 아영이를 어르고 달랬지만 세상 그 무엇으로도 아영이의 울음을 멈추게 할 수는 없을 것 같았다.

그때 막 세수를 하고 나온 성곤이 머리를 사자처럼 헝클어뜨렸다. 무대에서 만날 수 없어 직접 찾아왔다고 말하며 성곤은 아영이를 향해 우스꽝스러운 어흥 소리를 냈다. 그러곤 눈이 동그래진 아영이를 번쩍 안아 올려 팔로 그네를 태우고 공중으로 몇번 아이를 점프하듯 들어올리자 언제 울었냐는 듯 천진한 웃음소리가 집 안 가득 울렸다. 그 모습을 물끄러미 바라보던 란희가 슬쩍 다가와 성곤에게 기대며 휴대전화를 내밀어 사진을 찍었다.

그땐 그저 별다를 것 없는 하루였다고 생각했었다. 완벽한 순간은 평범한 일상 속에 녹아 있다는 걸 몰랐으니까.

10

성곤은 먼지 쌓인 프린터를 노트북과 연결했다. 벌써 산 지 10년이 넘은 프린터로, 그의 성공과 실패의 지표를 묵묵히 인쇄해낸 아주 노련한 녀석이었다. 그는 A3 사이즈의 종이에 사진을 컬러 인쇄한 뒤, 입주 전부터 창고에 처박혀 있던 전신 거울을 꺼내 벽에 세우고는 뜨끈뜨끈한 종이를 든 채 거울 앞에 섰다. 그리고 최대한 사진 속의 남자를 비슷하게 따라 해보려 애썼다.

그는 사진 속 어린 아영의 역할을 해줄, 사무실에서 쿠션으로 쓰는 낡은 꿀벌 인형을 안고 몸을 틀어 허리의 각도를 사진과 엇비슷하게 맞췄다. 그리고 사진 속 남자, 그러니까 과거의 자신처럼 최대한 해맑게 웃었다. 사진에 찍힌 건 미소가 아니라 터져나온 웃음의 순간이었으므로 성곤은 억지 헛웃음을 연신 터뜨리며 간신히 집어 든 휴대전화로 거울을 겨냥하고 여러차례 셔터를 눌렀다. 마침내 힘을 빼자 다시 뱃살이 아래로 텅 떨어졌다. 힘이 탁 풀리며 씩씩대는 숨소리가 터져나왔다. 스스로를 모방하는 것조차 이렇게 힘들다니. 성곤은 가쁜 숨으로 어깨까지 들썩이며 중얼거렸다. 확실히 이대로가 편해, 그냥 생긴 대로 살자, 생긴 대로.

김성곤은 포기한 채 의자에 무너지듯 주저앉았다. 방금 한 행동에 딱히 목적이나 의미 같은 건 없었다. 그저 과거와 비교해 정확히 무엇이 얼마나 달라졌는지를 확인하고 싶었을 뿐이다.

그는 그나마 덜 흔들린 사진을 골라 A3 용지에 인쇄하고는 12년 전의 사진과 나란히 놓고 살폈다. 음. 김성곤은 낮게 그르렁거렸다. 기분 좋은 경험은 아니었다.

일단, 아영이와 란희에게 외면받고 있다는 점에서 두 여자는 그의 인생에서 사라진 것과 다름없었다. 어쩌면 두 여자의 인생에서 자신이 사라져줬다는 표현이 더 적합한지도. 또, 과거 그들 가족에게는 작지만 아늑한 집이 있었다. 물론 그 집도 사라진 지 오래였다. 그밖에도 그땐 가진 게 꽤 많았던 것 같다. 그것들이 무엇인지 성곤은 하나하나 헤아리고 싶지조차 않았다.

그 당시 성곤이 양지바른 곳에서 부드러운 산들바람을 느끼고 있었다면 지금의 그는 깜깜한 우주공간을 홀로 유영 중인 신세였다. 생각을 곱씹을수록 비참한 기분만 밀려들었다.

성곤은 고개를 저었다. 과거와 현재의 '처지'를 비교하는 대신 그는 사진 속의 '표면적 사실'만 비교하기로 했다. 실험 결과를 살피는 연구원처럼 김성곤은 두 사진을 번갈아 보며 조그맣게 중얼거렸다.

─늙었다. 머리숱이…… 없다…… 좀더, 조금 더…… 못생겨졌다.

스스로 한 말인데도 누군가의 험담을 엿들은 것처럼 화가 치밀었다. 인정. 다 인정. 그래, 외모부터 상황까지 모든 게 달라졌다는 거 인정. 그런데 바꿀 수 있는 건 없는 건가? 정말 하나도 없나. 내가 어떻게 할 수 있는 건 정말, 단 한개도 없단 말인가.

김성곤은 마지막 비밀을 찾겠다는 듯 종이 두장을 겹쳐 빛이 쏟아지는 창을 향해 쳐들었다. 과거의 그와 현재의 그가 역광 안에서 포개진 실루엣이 됐다. 표정과 주변 상황이 가려지자 오히려 두 인물의 차이가 한눈에 들어왔다. 아주 약간 줄어든 키, 각지고 두꺼워진 얼굴, 그리고 허리. 정확히 말하자면 자세. 그러니까, 구부정한 등과 움츠러든 어깨 그리고 거북목.

허리, 등, 어깨, 목…… 그래, 자세. 성곤은 고개를 갸웃했다. 이거 하나라면 약간은 고쳐볼 수 있지 않을까. 당장 해볼 만한 것 중에서는 가장 손쉽고 즉각적일 것 같았다. 그는 다시 거울 앞에 서서 등을 폈다. 그리고 그조차 만만찮다는 사실을 깨닫고 놀랐다. 등을 쭉 폈을 뿐인데 허리가 쑤셨고 배는 안으로 잔뜩 들이밀어야 했으며 숨을 턱 끝까지 참아야 했다. 뻐근하고 힘들었다. 터져나온 숨과 함께 어깨는 다시 아래로 축 처졌다. 이게 다 무슨 소용이랴.

김성곤은 익숙한 심정으로, 그러니까 어느새 자신의 일

부가 된 자포자기 상태로 의자에 널브러져 앉아 숨을 몰아쉬었다. 노트북 화면 위엔 수많은 사진 섬네일이 잔뜩 떠 있었다. 김성곤은 표정 없이 마우스 휠을 내렸다. 지난날의 사진과 동영상들이 스르륵 눈을 스치다가 멈춘 순간 작은 섬네일 하나가 시선을 사로잡았다. 천진하게 웃는 아영이의 얼굴이 작은 네모 안에 갇혀 있었다. 김성곤은 그것을 클릭하고 떨리는 손으로 재생 버튼을 눌렀다. 화면이 돌아가자마자 까르르 퍼지는 웃음소리가 비수처럼 가슴을 후볐다. 조금 전 본 사진과 같은 날, 아영이의 생일 저녁이었다.

영상은 란희의 시점에서 찍혀 있었다. 성곤이 아영의 앞에 놓인 생크림 딸기 케이크에 불을 붙였다. 촛불 네개가 환히 빛났고 행복한 생일 축하 노래가 세 사람의 입에서 흘러나왔다. 촛불을 성공적으로 불어 끈 아영이가 뿌듯하고 자랑스러운 표정으로 부부를 번갈아 쳐다봤다. 성곤이 아영이의 코에 생크림을 묻히자 아영이가 귀엽게 찡그리며 웃었다. 그러더니 케이크 위의 딸기를 포크로 찍어 성곤에게 내밀었다.

── 먹어봐, 아빠.

성곤은 아영이의 포크를 피했다. 당시의 그는 딸기를

좋아하지 않았다.

— 괜찮아, 아영이 먹어.

— 먹어, 아빠.

개월 수에 비해 유독 말이 빨랐던 아영이가 지지 않고 말했다. 성곤이 냠 소리를 내며 포크를 피해 먹는 시늉만 냈지만 굳건히 내민 아영이의 포크는 여전히 성곤의 입 앞에 있었다. 결국 김성곤은 실토했다.

— 아영아, 아빠 딸기 싫어해.

— 먹어봐, 맛있다니까.

아영이는 같은 말을 반복했다. 하지만 자식에 대한 사랑과 별개로 그는 딸기의 그 흐물거리는 식감과 시큼한 맛, 까끌거리는 씨앗들이 싫었다. 딸기가 인기 있는 과일이라는 사실은 늘 의문 중 하나였다. 왜 하필 딸기 케이크를 사 와서는! 그는 란희를 원망했다.

— 아빠 안 먹어. 먹으면 꼑, 하고 죽어.

— 아니야. 아빠 딸기 알레르기가 아니라 그냥 싫어하는 거랬어, 엄마가.

란희가 어깨를 으쓱했다. 성곤은 난처해졌다. 이 실랑이가 더 길어지면 생일 밤은 울음으로 채워질 것 같았다.

— 안 먹으니까 못 먹는 거야, 한번 먹어봐. 내 생일이

잖아!

아영이의 최후통첩에 성곤은 두 눈을 질끈 감고 암, 하며 딸기를 받아먹었다. 새콤달콤한 덩어리가 입안에서 뭉개지면서 씹히는 씨앗들의 소리가 필요 이상으로 컸다. 그런데!

── 엇, 이거 생각보다 맛있잖아!

화면 속의 성곤이 말하고 있었다. 아영이의 얼굴에 씩 미소가 번졌다.

── 신기하네. 이렇게 맛있는 딸기 처음 먹어본다.

성곤이 딸기를 포크로 하나 더 찍으며 말했다. 자기 손으로 딸기를 집어 든 건 기억나는 한 처음이었다.

── 그것 봐. 내 말이 맞지?

아영이가 어눌한 발음으로 차근차근 말했다.

── 그냥 생각을 바꿔. 못 먹는 게 아니라 안 먹었던 거라고.

── 오케이, 생각만 바꾸면 되는 거지?

성곤은 양쪽 관자놀이에 손가락을 대고 빙빙 돌리며 삐릭삐릭 삐리릭, 장난스러운 소리를 냈다. 그러곤 고장 난 로봇처럼 몇번 고개를 꺾고 눈을 까뒤집으며 얼굴을 푹 숙인 뒤 길게 삐익 소리를 내며 천천히 고개를 들었다.

─ 바뀌었다!

그가 해맑게 웃었다. 그러나 아영이의 표정은 여전히 근엄했다.

─ 생각만 바꿔선 안 돼, 아빠.

아영이가 엄숙하게 말했다.

─ 행동까지 바꿔야지.

말을 마친 아영이가 다시 딸기를 내밀자 성곤은 기다렸다는 듯 그걸 한번에 쏙 받아먹었다. 아이의 얼굴에 천진하고도 완벽한 미소가 떠올랐다. 영상 속 아영이가 휴대전화를 빼앗아 그와 란희를 향해 카메라를 비추며 물었다.

─ 엄마. 엄만 아빠가 왜 좋아?

성곤은 귀에 나팔처럼 손을 대고 란희의 말을 유도하는 제스처를 취했다. 란희가 마지못해 입을 열었다.

─ 일단, 아빠 잘생겼고……

그 말에 성곤과 아영이 동시에 웃음을 터뜨렸다.

─ 그리고 착하고, 친절하고, 멋있지.

─ 우와, 우주 최고의 사나이다.

─ 그럼, 우주 최고의 사나이고말고!

젊은 성곤이 호탕하게 웃으며 말했다.

성곤은 그 영상을, 12년 전의 어떤 날을 보고 또 봤다. 인생을 통틀어 단 하루를 고른다면 이날을 택하고 싶었다. 이런 날이라면 영원히 반복해 살아도 좋을 것 같았다. 그는 한동안 엎드려서 뜨거운 눈물을 흘렸다. 겨우 지금 같은 상황에 이르기 위해 이 삶을 관통해온 걸까. 오로지 애통할 뿐이었다.

11

롯데리아로 향한 성곤은 감자튀김을 하나 시켜 창가 자리에 앉았다. 고개를 돌리자 유리창에 자신의 모습이 비쳤다. 푸석한 얼굴과 헝클어진 머리, 둥근 어깨와 처진 배. 초라하고 평범한, 용기가 없어 죽음의 문턱에서조차 거절당한 남자. '루저'라는 단어를 떠올렸을 때 바로 머릿속에 그려질 사람의 모습.

하지만.

김성곤은 자신을 노려봤다. 처음부터 이런 상태였던 건 아니었다.

그러니까 이제 분석이 필요한 타이밍이었다.

케첩에 감자를 찍어 먹던 김성곤의 눈에 바닥에 떨어

진 펜이 하나 보였다. 조금 전까지 옆에서 공부하던 학생이 나가면서 떨어뜨린 모양이었다. 김성곤은 펜을 집어 들고 직원에게 가져다줄 요량으로 일어섰다가 그대로 앉았다. 그러곤 쟁반에 깔린 세트 메뉴 안내 종이를 뒤집어 자신의 현재 상황을 써 내려가기 시작했다.

나이. 사회적 위치. 빚. 자신에 대한 객관적인 메모가 이어졌다. 혼자만 보는 실패의 이력서였다. 한 단어 한 단어를 써 내려갈 때마다 스스로에게 낙인을 찍는 것처럼 고통스러웠고 몇단어 쓰지도 않았는데 벌써부터 박박 지워버리고 싶은 것들뿐이었다. 실제로 그는 종이를 움켜잡고 확 구기기도 했다. 하지만 이내 남은 종이를 반으로 잘라, 그 어느 때보다도 정갈한 글씨체로 기록을 시작했다. 펜의 부재를 깨닫고 돌아온 학생이 자신의 볼펜을 쓰고 있는 사내를 수상쩍은 눈으로 바라보기 시작한 시점에서 김성곤의 메모는 끝났다. 그는 겸연쩍은 눈빛으로 공손히 볼펜을 돌려주었다.

성곤은 종이에 써진 글자들을 차근히 훑었다. 차라리 더 메모할 필요가 없어진 게 다행이었다. 고백하자면 그 중 자신의 힘으로 바꿀 수 있는 건 아무것도 없어 보였다. 불가항력의 나이부터 시작해서 무직 상태라는 사회적 위

치와 마이너스 그 자체인 자산까지. 그 어떤 현자라도 그
것들을 바꿀 수는 없을 것이었다. 한숨이 흘러나왔다.

　사실 무언가를 바꾸거나 개선하려는 시도가 처음은 아
니었다. 김성곤은 동기부여 영상이나 자기계발서에서 본
지침들을 여러차례 따라 한 적이 있었다. 아침에 일어나
면 이불부터 개라거나 책상 정리부터 시작하라거나 윗몸
일으키기를 딱 한개만 해보라거나 새벽 네시에 일어나야
세상을 가질 수 있다는 조언들을 실제로 삶에 적용해보기
도 했다. 그러나 결심의 지속시간은 짧았고 그는 언제나,
하나도 달라지지 않은 김성곤일 뿐이었다.
　이불을 개자니 밤새 땀과 노폐물로 습해진 이불 속엔
세균이 많으므로 개지 말고 두라는 헬스전문잡지의 기사
가 핑곗거리로 떠올랐고, 책상 정리를 하고 나면 진이 빠
져 업무를 시작할 수 없던 차에 우연히 '아인슈타인의 책
상'을 검색하고 나서야 비로소 마음에 위안을 얻었다. 윗
몸일으키기는 말 그대로 딱 한개를 하고 나면 더이상 할
생각이 들지 않았으며, 몇차례 새벽 네시에 일어난 뒤에
는 아무 소득도 없이 비몽사몽 깨 있다가 해가 뜨기 직전
다시 잠드는 바람에 오히려 하루 일정이 다 꼬였다. 다시

말해 그런 방법은 그에게 전혀 맞지 않았다.

마음가짐이나 결심처럼 막연한 것보다 실존하는 것, 그러니까 신체의 무언가를 먼저 바꾸어야 할 것 같다는 생각은 늘 해왔다. 하지만 그조차 김성곤에겐 멀게만 느껴지는 시도였다. 살아오면서 끊어놓고 가지 않은 헬스클럽 회원증만 다섯장이 넘었고 운동이라는 단어는 떠올리는 것만으로 벌써 숨이 찼다. 괜스레 원대한 계획을 세워봤자 부질없는 작심삼일짜리 새해 계획처럼 될 게 뻔했다.

김성곤은 언젠가 유튜브에서 본 '불안을 3초 만에 잠재우는 방법'이라는 클립을 떠올렸다. 오바마 대통령을 비롯해 세계적인 유명 인사를 여럿 코칭한 사람의 영상으로, 조회수가 어마어마했다. 내용은 짧고 단순했다. 눈을 감고 크게 숨을 들이쉰 뒤 천천히 내뱉는 것만으로도 불안이 그 즉시 해소된다는 것이었다.

롯데리아 밖으로 나온 김성곤은 건물 모퉁이에 서서 그렇게 해봤다. 하지만 콧속으로 들어온 건 현상황에 대한 부정적 감각, 공포, 그리고 무자비한 겨울의 찬 공기뿐이었다. 감은 눈 앞에는 어제의 검은 강물이 악취를 풍기며 넘실거렸다. 김성곤은 액운을 몰아내듯 거친 콧김을 큼큼 내뿜곤 툴툴거리며 걸음을 옮겼다. 남들의 조언은 그에게 맞는 퍼즐조각이 아니었다. 자신만의 방법을 스스로 찾아야 했다.

12

김성곤은 오피스텔로 돌아왔다. 방을 빼고 싶었지만 의욕 충만하던 마지막 불꽃의 타이밍에 미리 월세를 몇달치 선납했고, 오피스텔 주인은 외국에 있어 연락조차 닿지 않았다. 당장 보증금을 돌려받을 길도 막막했고 집에선 쫓겨난 것이나 다름없었으므로 사실 돌아갈 곳도 없었다. 일단은 이곳에서 지내는 수밖에 없었다.

성곤은 웃통을 벗고 꿀벌 인형을 안은 채 다시 12년 전의 사진과 비슷한 포즈를 취했다. 비슷할 리 만무했지만 그래도 일단은 시도했다. 눈 씻고 들여다보니 적어도 동일한 인물이라는 것 정도는 알 수 있었다. 나이도 외모도, 안고 있는 대상도 애처로워졌다는 사실을 애써 무시하며 김성곤은 과거의 자신과 조금이라도 비슷해질까 싶어 등을 곧추세웠다. 사진 속 남자는 젊고 재산이 있었고 친절했으며 가족의 사랑을 받았다. 그 남자의 곧게 펴진 등은, 펴려고 노력한 것조차 아니었다. 그건 행복과 젊음, 자신감의 상징이었다. 반면 지금 그 남자를 흉내 내며 성곤이 세운 등은 스스로를 지탱하고자 하는 안간힘의 상징이었다. 어쨌든 김성곤은 이를 악물고 몇초간 버텼다. 그것만으로도 사진 속의 자신과 일맥상통하는 무언가가 생긴 느낌이 들었다.

그러자 아주 묘한 일이 벌어졌다. 설명하기 힘든 작은 도전에 대한 욕구가 가슴 한구석에서 미세하게 움트기 시작한 것이다. 김성곤은 작은 결심을 다졌다. 자세를 바르게 하는 걸 지상과제로 삼기로. 모든 걸 다 잊고 오로지 그것 하나만을 목표로 삼겠다고 말이다. 그 시시한 다짐이 결과적으로 과감한 여정의 첫발자국이라는 걸 그로선 아직 알 길이 없었다.

13

생계를 위해 뭐라도 해야 할 처지였기 때문에 김성곤 안드레아는 진입장벽이 낮은 배달 일부터 시작하기로 했다. 오피스텔 복도에 정물처럼 기대서 있던 낡은 자전거가 그의 구원투수였다. 자전거 위에 쌓인 먼지를 닦아내며 성곤은 한숨지었다. 적어도 125cc 오토바이 리스라도 감당할 수 있었더라면 좋았을 텐데. 언젠가 스스로 만족할 만큼 성공하면 할리데이비슨 동호회에 들어가는 게 꿈이었지만 그걸 이룰 가능성은 아무래도 낮아 보였다. 김성곤은 자전거를 타고 동네를 한바퀴 돌았다. 묵직하게 굳은 페달과 손가락으로 파고드는 손잡이의 까끌까끌한 감촉이 생생하게 전해졌고 찬 공기가 옷깃 사이로 스몄다. 살기 위해서 감당해야 하는 촉감과 온도였다.

일은 녹록지 않았다. 추위에 떨며 자전거 위에서 하염없이 콜 알림을 기다려야 했고 이런저런 조건을 재며 어버버 망설이는 사이 누군가가 눈앞에서 쏙쏙 콜을 가로채 갔다. 동호수를 잘못 보고 엉뚱한 집 앞에 음식을 두었다가 고객의 원성을 듣기도 하고 층마다 엘리베이터가 서는 바람에 배달 시간을 맞추지 못할까봐 진땀을 뺀 적도 있다. 음식의 특성을 고려하지 못해 엉망이 된 음식을 받은 손님이 올린 사진으로 곤혹을 겪거나, 취미로 배달을 나왔다는 벤츠 차주와 이야기를 나누다가 초라해진 적도 있다. 이 모든 일을 겪는 데 채 2주가 채 걸리지 않았다.

하지만 따뜻한 음식을 누군가의 집 앞에 놔두는 일은 대체로 간편했다. 누군가와 부딪칠 일도, 누군가가 자신을 알아볼 일도 거의 없었다. 불만과 클레임조차 댓글이나 문자로 전해졌고 대면과 가장 비슷한 건 기껏해야 전화 통화였다. 눈앞에서 상사가 던진 서류케이스에 머리를 맞은 경험이 있는 성곤에게 이 정도의 곤경은 애환 축에도 끼지 못했다.

신호 대기로 서 있다가 녹색불이 켜지고 모든 이들이 일제히 부르릉 앞으로 나갈 때 김성곤 안드레아는 두 다리를 놀려 페달을 밟았다. 거리의 동료, 혹은 경쟁자인 라이더들이 낡은 자전거를 탄 성곤을 때로는 안쓰럽게, 때로는 자신들의 값비싼 애마와 비교하며 으쓱한 표정으로 바라봤지만 성곤은 묵묵히 자신만의 속도로 달렸다. 가진 자산이 없다면 몸이라도 움직여 느리게라도 나아가야 했다.

자전거라는 운송 수단으로 김성곤은 어차피 반경 1킬로미터 밖으로는 나가지 못하는 신세였다. 그 안에 즐비한 식당의 개별 특성을 천천히 익히고 동료이자 경쟁자인 기사들에게 팁을 전수받으며 성곤은 차츰 이 생리에 익숙해져갔다. 음식 종류에 따라 숙지해야 하는 팁도 익혔고 거리 위의 동종업자들에게 고갯짓으로 인사를 건네는 여유도 생겼다.

도로를 꽉 메운 오토바이의 행렬을 보면 때로 숙연해지기도 했다. 다들 먹고산다는 사실이 기막히도록 실감났다. 모두들 어딘가에서 뭔가를 하고 있고, 뭔가를 하려면 먹어야 하고, 살아 있으니 또다시 끼니때가 되면 먹어야 하는 뜨겁고 숨 가쁜 본능이 콜 대기음으로 치환되어 순간순간 전해졌다. 콜 욕심에 정작 자신은 끼니를 거른 채 김성곤은 세계 각국의 요리를 냄새 맡으며 도로 위를, 골목 사이사이를 누볐다. 움직이는 동안에는 생각, 상념, 잡념, 번민 같은 게 자리 잡을 틈이 없었다. 성곤이 이 일에서 배운 건 개개인의 고뇌와 상관없이 일단 돌아가고 보는 생의 사이클이었다.

일이 많은 날도 있었고 들인 시간에 비해 허탕을 친 것에 가까운 날들도 많았다. 이것만으로는 돈을 모을 수 없었으나 일단 하루하루는 어떻게든 살아졌다. 내킬 때 일을 나가 원할 때 일을 마치고 나면 성곤은 오피스텔로 돌아와 추위에 딱딱하게 굳은 몸을 침대에 눕히고 잠들었다. 몸으로 일하는 건 확실히 정신을 증발시켰고 성곤에겐 그런 자발적인 혹사가 필요했다.

자세를 바르게 하겠다는 목표는 일에 집중하는 동안 자꾸자꾸 꺾였다. 딴에는 신경을 쓴다고 생각했는데도 어쩌다 마주친 엘리베이터 안 거울 속에는 늘 구부정한 자세가 익숙한 남자가 그를 기다리고 있었다. 얼른 자세를 정돈해도 바쁜 일과 속에 정신을 차려보면 그의 등은 또다시 굽어 있었고 어깨는 안으로 말려 땅을 내려다봤으며 목은 아래로 주저앉아 양팔 사이에 파묻힌 것처럼 보였다.

성곤은 벽에 모눈종이를 붙이고 기록을 하기로 했다. 하루 종일 할 수 없다면 최소한의 양이라도 채우자, 적어도 하루에 5분은 허리와 어깨를 펴자, 한번에 딱 1분씩 다섯번이라도! 그 기계적인 루틴을 지킨 뒤 모눈종이에 막대그래프를 그려 넣고 나면 땀이 쭉 흘렀다. 다섯번을 한 번에 몰아서 하고 뒤로 뻗어 누운 적도 잦았다.

하지만 성곤은 곧은 자세로 지내는 시간을 늘려갔고 이내 시간 배분에 리듬을 주어 아침에 일어나자마자, 식사 직후, 잠들기 직전으로 기억하기 쉽게 루틴을 나눴으며 조금 더 시간이 흘러서는 자발적으로 자세를 고치는 스스로의 모습을 발견하기에 이르렀다.

그렇게 새로운 직업과 습관을 가지고 살기 시작한 지 두달째, 벽에 붙은 모눈종이는 어느덧 빽빽한 막대그래프로 빼곡히 채워졌다. 어느 날 성곤은 롯데리아에서 콜 대기를 하다 문득 메모가 하고 싶어져 볼펜을 들고 쟁반 위의 종이를 뒤집어 그동안 달라진 점을 기록했다.

일단 살기로 결심함. 체중 200그램 줄었음.

바른 자세를 위해 노력 중.

그간 번 돈은 기록하기조차 창피했고 변화는 기대보다 미미했다. 활기 있게 시작한 필체는 흘려 쓰는 서체로 얼버무리듯 끝나 있었다. 그러나 성곤은 실망이 몸속에 침투하기 직전 방어 동작처럼 자세를 고쳐 바르게 폈다. 그는 종이 위에 몇글자를 더 써 내려갔다.

허리는 위로. 어깨는 아래로. 등은 그 사이에.

Back to the Basic!

김성곤은 방금 쓴 메모를 소리 내 읽었다. 그러자 인생과 세월에 사기당한 느낌이 덜해졌다. 과거가 아니라 미래를 향한 단순한 구령이었기 때문이다.

어떤 생각은 깊이 하면 해롭다. 어떤 고뇌는 곧장 절망으로 이어진다. 그래서 때때로 나쁜 생각이 몸에 스며들기 전, 성곤은 속으로 이렇게 외치곤 했다.

─ 허리는 위로. 어깨는 아래로. 등은 그 사이에. 백 투

더 베이직!

　이 혼자만의 외침은 김성곤 안드레아의 매일매일을 지탱하는 짧은 기도가 됐다. 그리고 삶은 그를 잊고 있던 인연과의 재회로 안내하는 중이었다.

2부

영혼의 서랍

14

김성곤을 다시 만났을 때 한진석은 그가 알던 남자가 이렇게 이상한 사람이었나 새삼 의문했다. 뭐, 이상하기로 따지면 진석도 그렇게 평범한 편은 아니었고 바로 그 이유로 방황 중이기는 했다.

그날 엘리베이터 안에는 진석과 두명의 또다른 라이더, 한명의 택배기사 이렇게 총 네명이 타고 있었다. 기사들끼리만 엘리베이터를 꽉 채우는 건 커다란 건물로 배달을 오면 자주 일어나는 일이었다. 덕분에 엘리베이터 안엔 닭발볶음, 족발, 치킨 냄새가 사이좋게, 아니 실은 꽤 역겹게 어우러졌고, 세명의 배달기사는 박스가 층층이 쌓인 택배기사의 카트를 피해 서로 붙다시피 서 있었다.

진석의 옆에 선 다소 통통한 기사는 끈 떨어진 마스크

를 2초마다 올리느라 여념이 없었다. 그 바람에 그의 얼굴을 보게 된 진석은 순간 눈을 크게 떴다가 얼른 고개를 돌렸다.

진석과 남자는 같은 층에서 내려 반대 방향으로 갈라졌다. 그러나 배달을 마치고 난 진석은 엘리베이터 앞에서 사내와 다시 맞닥뜨렸다. 진석은 그를 외면하다시피 몸을 틀었지만 은색으로 빛나는 엘리베이터 문을 통해 남자가 자기를 주시하는 걸 느꼈다. 그리고 마침내, 묵직하고도 익숙한 목소리가 울린 것이다.

─너 진석이 아니냐.

진석은 발뺌할 타이밍을 놓쳤다. 진석과 눈이 마주친 남자도 알은체한 걸 후회하는 눈치였다. 쩝. 아마도 둘의 마음속엔 동시에 그런 소리가 울렸을 것이다. 그렇게 진석은 과거 그가 직원으로 일했던 피자가게의 사장과 3년 만에 라이더라는 같은 신분으로 마주치게 됐다.

15

며칠 뒤 둘은 버거킹에서 다시 만났다. 사장이 연락처를 묻기는 했지만 인사치레라고 생각했기 때문에 정말 연락이 오고 또다시 만나게 될 거라곤 생각하지 않았다. 하지만 사장이 만남을 제안하며 입에 올린 물건은 진석이 오랜 시간 아끼던 것이었고 분명 되받을 가치가 있었다.

문을 연 진석의 눈에 벌써부터 그를 기다리고 있는 전직 사장이 보였다. 진석이 다가가자 사장은 상체를 과장되게 움직이며 진석을 반겼다.

— 밥 먹었니? 세트라도 하나 시켜줄까?

— 괜찮아요. 햄버거 별로 안 좋아해요.

진석이 말했다.

— 다행이네.

무심결에 중얼거리고 나서, 아니 내 말은, 나도 배는 안 고프다는 뜻이야,라고 덧붙이긴 했지만 진석은 과거의 사장이 대략 망했다는 걸 눈치채고도 남았다. 행색과 분위기를 보아하니 그에게서 콜라 한잔도 얻어먹는 건 사치일 것 같았다.

진석은 눈앞에 앉은 남자를 찬찬히 살폈다. 3년 전만 해도 그는 시내 번화가에 자리 잡은 피자가게의 오너였다. 진석은 가게가 망하기 직전까지 매장에서 일했다.

— 여기서 보니까 이상하지?

과거의 사장이 입맛을 다셨다.

─약간은요.

진석이 말을 흐렸다. 그는 누군가와 말하는 걸 어색해하는 편이었지만 거짓말하는 요령도 모르기는 마찬가지였다.

─솔직히 다시 연락하실 줄 몰랐어요.

─그렇지. 전화번호 교환이라는 게 대부분 형식적인 거니까. 근데 뭐랄까. 내가 누구랑 말다운 말을 해본 지가 너무 오래됐기도 하고 또 간만에 널 만나면 반가울 것 같아서.

사장이 의미 없는 말을 길게 늘어놓았다. 진석은 그를 흘깃 훔쳐봤다. 별것도 없는 내용에, 말투가 변명조인 게 수상쩍었다.

설마 돈을 빌려달라는 건 아닐 테고, 얼핏 눈에 물기가 어린 것 같았는데 우연이겠지 싶었다. 나이가 들면 눈물이 많아진다는데 그런 경우인가. 빚쟁이를 피해 다니다 궁색해진 건가? 진석은 여러가지 경우의 수를 가늠했다. 아무래도 진석이 이 삼촌뻘의 남자를 경험으로 이해하는 건 불가능했다.

─왜 이런 거 하니, 넌?

진석은 친절과 격의 없음을 가장해 무례한 질문을 던지

는 게 꼰대의 본질이라고 생각했다. 과거의 사장은 마치 면접관처럼 그 본질을 관통하는 질문을 던지고 있었다.

— 그냥요. 하기 쉽고 눈에 안 띄어서.

— 나돈데.

사장이 말했다. 진석은 얘기가 길어지는 걸 막기 위해 얼른 입을 뗐다.

— 물건 주시면 바로 갈게요. 사실 좀 바빠서.

전직 사장은 아, 그렇지 그렇지,라고 중얼거리며 주섬 주섬 가방 안에서 물건을 꺼냈다. 1982년에 발매된 듀란 듀란의 2집 테이프였다. 진석은 피자가게에서 듀란듀란 의 음악을 들었던 날을 떠올렸다. 그러자 식은땀이 쭉 흘 러내렸고 얼른 이 자리를 뜨고 싶은 마음만 강해졌다.

진석은 80년대 팝 마니아였다. 그는 80년대 빌보드 차 트를 장식했던 모든 그룹의 노래와 역사, 각 멤버들의 특 징과 여담, 루머, 괴담들을 꿰고 있었으며 심심하면 나무 위키에 자기가 아는 비하인드 스토리를 주석으로 달곤 했 다. 그러나 레트로가 유행인 시대에 어찌 보면 매력적으 로 보일 수도 있을 취미생활은 그에게 독이 됐다.

진석은 별종 취급을 받았다. 퀸이나 마이클 잭슨이 아

닌, 보이 조지와 폴라 압둘, 데비 깁슨, 무디 블루스가 관심사라는 게 문제였을까. 거의 말이 없다가도 아는 뮤지션이나 노래에 대한 주제만 나오면 속사포처럼 말을 쏟아내는 진석을 사람들은 이상하게 바라봤다. 자연히 그는 자신의 열광적인 취미를 겉으로 드러내지 않게 되었다.

어떤 곳이든 진석이 끼면 나머지 사람들은 더 돈독해졌다. 늘 그래왔던 것처럼 진석은 피자가게에서도 은따였다. 스무살도 넘은 아이들이 학교가 아닌 공간에서 여전히 편을 가르고 누군가를 따돌린다는 게 실망스럽긴 했다. 하지만 누군가를 이상하다고 규정짓고 피하기로 마음먹으면 방법이 없는 거였다. 밉거나 나빠서가 아니라 유별나고 다르다는 이유로. 진석의 경우 내성적인 성격과 마니악한 취향이 '아싸'라는 무적의 단어를 만나 그를 더욱더 코너로 몰았다.

대부분 이제 막 스물을 넘긴 직원들은 성곤을 대체로 데면데면하게 대했다. 스스로를 인싸라고 생각하는 중년의 오지라퍼. 그게 아이들이 정한 성곤의 정체성이었다. 직원과 사장이라는 신분은 달랐지만 은따라는 점에서 성곤과 진석은 같았다. 둔한 사장은 그 사실을 전혀 모르는 게 분명했으나 아이러니하게도 피자가게에서 유일하게 진석의 편이 돼준 것도 사장이었다.

물론 진석은 사장에게 별 관심이 없었다. 떠올리기 괴로운 어떤 사건이 아니었다면 그는 김성곤을 기억하지 못했을 것이다.

같은 시간에 근무하는 은지를 남몰래 짝사랑하던 진석은 그녀에게 고백할 생각이 전혀 없었다. 은지가 다른 알바생인 민기와 꽁냥꽁냥 썸을 타는 동안 주방을 정리하고 피자를 굽고 포장하는 건 오로지 진석의 몫이었다. 그것만으로 족했다. 감당할 수 없는 감정을 품은 채 은지에게 당황한 얼굴을 내비치는 것보단 혼자 일을 도맡아 하는 편이 나았다.

은지와 민기가 사귀게 되고 홀 구석에서 밀담을 주고받을 때조차 진석은 묵묵히 그들의 애정 행각을 모른 척했다. 어차피 이루어지지 않을 연모의 마음을 숨기고 있는 것만으로도 충분히 버거웠다.

사건은 어느 날 진석이 화장실에 간 사이 그의 가방 속에서 삐져나온 카세트테이프를 막 은지의 남자친구가 된 민기가 집어 들면서부터 시작됐다. 코너를 돌기 전 진석은 그들의 대화에 멈춰 서고 말았다.

―― 언제 적 테이프냐. 겁나 신기하네.

―― 나 테이프 실물로 처음 봐. 취향 차암 독특하다.

민기가 테이프 구멍에 볼펜을 넣고 뱅뱅 돌리자 은지가 좋알댔다. 이어진 은지의 말은 진석의 가슴에 상처를 남겼다.

―― 근데 얘 진짜 기분 나쁘지 않아? 우중충한 눈빛으로 힐끔힐끔 처다보는데, 완전 뺨에 바퀴가 기어 다니는 기분이야.

―― 좀 참아, 덕분에 우리가 편하긴 하잖아.

민기가 장난스럽게 받아치더니 덧붙였다.

―― 궁금한데? 유튜브 찾아보자.

곧 민기의 스마트폰에서 음악이 흘러나오기 시작했다. 듀란듀란의 2집 타이틀곡 「리오」였다.

―― 웩.

빛으로 피부를 간질이는 듯한 전주가 시작된 지 2초도 지나기 전 은지가 말했다. 진석의 심장은 호랑이 발톱으로 찢긴 것처럼 너덜거렸다. 은지가 뱉은 한음절짜리 말은 음악에 대한 평가도 무엇도 아니었다. 자신을 혐오한다는, 그러므로 이유 불문하고 혐오의 말부터 뱉어내겠다는 마음의 표현이었다. 쥐구멍이 있다면 숨고 싶었다. 아니, 어쩌면 그 순간만큼은 죽고 싶었을지도.

그 순간 이상한 일이 일어났다.

— 듀란듀란이 어때서. 원 오브 마이 최애 그룹인데.

라는 걸걸한 목소리가 울린 것이다. 그 목소리는 눈치도 없이 구석에 있던 진석의 존재를 폭로했다.

— 진석인 왜 거기 서 있어. 몰래 엿듣기라도 하는 것처럼.

통통한 배 위에 양손을 올린 사장이 민기의 휴대전화에서 흘러나오는 듀란듀란의 노래를 따라 부르며 그들을 향해 둠칫둠칫 다가왔다. 푸드덕거리는 칠면조를 연상시키는 어깨춤과 과장된 보컬을 소화하느라 찡그린 미소, 그리고 도저히 말로 설명이 불가능한 괴상망측한 발짓으로. 진석은 세계의 종말을 목도하듯 그 광경을 바라봤고 동시에 그의 영혼은 까마득한 우주 저편으로 증발됐다.

다음 날 은지와 민기는 알바를 무단으로 쨰더니 하루가 더 지난 뒤 동시에 일을 그만두었다. 진석은 그게 자신과 사장의 의도찮은 합작의 결과라 생각했다. 다행스럽다는 점이 씁쓸했다. 졸지에 주방과 홀을 동시에 떠맡게 된 진석은 가끔씩 바람을 쐬러 가게 바깥으로 나갈 때마다 사장이 내뿜는 담배 연기를 피하며 그의 얘기를 들어야 했다. 너라도 있어서 참 고맙다. 네가 일은 참 성실히 하더라.

지루하고 재미없는 말들이었지만 그렇게까지 싫지는 않았다. 어쩌면 언젠가 사장이 했던 한마디 때문인지도 몰랐다.

── 진석아, 취향에 자부심을 가져. 독특하잖냐. 야, 세상 돌고 돈다? 언젠가 네 취향이 제일, 그 뭐냐, 힙해질 날이 올걸. 그럴 때 갑자기 편승하면 안 돼. 너처럼 미리미리 공부하고 깊게 판 애들이 평가받을 날이 온다고.

사장이 넉살 좋게 웃었다. 진석은 딱히 그 말로 위로를 받지는 못했다. 하지만 이상하게도 새로운 알바생들이 들어오고, 그 애들과 여전히 어울리지 못하고, 또 그 애들이 그만두고, 또다시 혼자서 일하고, 종내는 가게가 망할 때까지 그는 가게를 묵묵히 지켰다.

그리고 그런 진석의 앞에 다시 사장이 나타난 것이었다. 추억의 듀란듀란 테이프를 가지고.

16

── 감사합니다.

진석이 고개를 꾸벅 숙였다. 눈앞에 있는 낡은 테이프를 보자 복잡한 기분이 밀려들었다. 약간 짠했지만 내면의 방어벽이 동정심을 막았다. 자신도 누굴 애처로워할 만한 여유가 없다는 자각이 일었다. 더구나 같은 구역에서 일하는 라이더라니. 진석에게 이 일은 지나가는 일 중 하나일 뿐이었다. 하지만 사장에겐 이게 사실상 마지막 직장이 아닐까. 더 나이가 들어 다른 일을 할 수 있을 거라는 생각은 별로 들지 않았다. 안쓰러웠고 불편했다.

— 그럼 가볼게요.

일어서려는 그에게 사장이 말을 붙였다.

— 이 테이프 말이야. 네 생각 나서 갖고 있었는데, 어디서 갑자기 불쑥 튀어나오더라고.

— 그냥 버리셔도 사실 상관없었는데.

진석이 기어들어가는 목소리로 답했다. 이젠 그런 취미를 버리기로 결심한 그였기 때문이다. 되도록 사람들과 섞여 사는 게 진석의 목표였다.

— 요즘 뭐 하니. 아직도 음악 해?

사장이 물었다. 진석은 어렴풋이 자신이 작곡을 하고 있으며 그 꿈을 이루기 위해 아르바이트를 하고 있다고 말했던 걸 떠올렸다. 언젠가 비 오는 처마 밑, 가게 문을 닫기 직전 사장의 신세 한탄을 들어주던 중 충동적으로 튀어나온 말이었다. 잘도 그런 얘길 흘렸었군. 진석은 접어서 서랍 속에 처박아둔 꿈이 이런 식으로 상기되는 게 싫었다. 사장은 그를 가깝게 생각했을지 몰라도 진석은 그 정도까지는 아니었다. 피자가게는 어쩌다 오래 일한 옛 직장일 뿐이었다.

— 아뇨, 사실 시작한 적도 없어요. 멋이었죠.

진석이 그날의 대화 중 가장 퉁명스럽게 말했다. 전직 사장은 그 사실도 알아채지 못한 채 그랬구나,라며 슬프다는 듯 고개를 주억거렸다. 진석은 사장을 유심히 뜯어봤다. 아까부터 그의 무언가가 시선에 불편하게 걸리적거리고 있었다.

— 근데 어디 불편하세요?

— 응?

— 아까부터 계속 그렇게 앉아 계시길래.

진석이 참다못해 물었다. 전직 사장은 전반적으로 부조화스러웠다. 풀 죽은 꼰대 같은 말투와 달리 우직하게 세운 허리와 빳빳하게 경직된 어깨. 폼만 보면 보스 앞에서 형님, 소리를 하는 영화 속 조폭을 연상시켰다.

— 아. 이거. 그냥 한가지 고쳐볼라고.

―뭘 고쳐요?

물어보고 싶지 않았지만 묻게 됐다. 상대도 대답하고 싶지 않지만 대답하는 것으로 보였다.

―아, 그러니까 뭐, 폼이랄까, 자세랄까 그런……

―왜요? 허리 디스크?

―그건 아닌데, 등을 펴면 인생도 달라지지 않을까 싶어서.

―인생요?

이건 또 무슨 상관관계인가 싶어 진석은 읊조리듯 반문했다. 등을 편다고 인생이 달라진다니.

원래 진석은 말을 많이 하는 타입이 아니었다. 궁금증이나 질문도 없는 축에 속했다. 하지만 이상하게 묻지 않을 수 없었다. 갑작스러운 듀란듀란 테이프의 등장 때문인지도 몰랐다. 전직 사장은 대답을 쥐어짜듯 얼굴을 찌푸리다가 포기했는지 이내 표정을 풀었다.

―웃기지? 내가 생각해도 웃기다.

침묵이 흘렀다. 3초만 더 지나면 그럼 이제 가볼게요, 라는 말을 하기에 딱 적당한 침묵. 그런데 셋을 세고 입술을 뗀 순간 사장이 팔꿈치를 테이블 위로 올리며 상체를 들이밀었다.

─저기, 진석아.

─네?

─같이 일할 때 말야. 나 어떤 사람이었니?

─예?

─이제 너랑 나랑 아무 이해관계가 없으니까 솔직하게 말해줄 수 있지 않을까 해서.

진석은 생각에 잠겼다. 이런 경우 뭐라고 대답해야 하나. 솔직하게,라는 말에 진짜 솔직하게 답해서 곤란해진 경우를 얼마나 많이 겪었던가. 숫기도 눈치도 없는 아싸의 서글픈 숙명이었다. 그리고 오늘도 그는 익숙한 함정에 빠져드는 중이었다. 이렇게 되받아치면서 말이다.

─진짜 솔직하게요?

전직 사장이 고개를 끄덕였다.

─그럼. 면접도 아니고 그냥 속 시원하게 말해봐.

진석은 어디 좋다,라는 심정으로 크게 숨을 내쉬었다.

─항상 화나 보이고.

─화나 보이고.

─음. 쌉꼰대에.

─싸, 쌉⋯⋯꼰대?

─근데 그건 저 말고 딴 알바들 피셜이었고요.

─아…… 그리고? 그냥 다른 애들이 했던 말 전부 얘기해도 돼. 네 의견이라고 생각하지 않을게.

─포장에 능하고.

─또 있니?

─직원 복지엔 짜고.

진석이 툭툭 뱉었다.

─쓰레기였네.

성곤이 말하다 말고 진석을 쏘아봤다.

─야, 근데 우리가 그 정도로 친했냐.

─……

─미안하다. 말은 내가 하라고 해놓고선.

또 침묵이 흘렀다. 앞선 대화를 반추했을 때 바로 자리를 뜨면 후레자식이 될 것 같은 침묵이었다.

─근데 왜 물어보세요.

─뭐라도 바뀔까 해서.

진석은 사장의 어색한 포즈를 의심스럽게 훑다가 그와 눈이 마주쳤다. 그는 사장이 자신의 눈빛 안에 담긴 '그런다고 뭐가 달라져요'를 읽었다고 느꼈다.

─넌 그래, 음악은 그만뒀다 치고. 이제 뭐 하게?

진석은 어이가 없어 눈알을 굴렸다. 하지만 사장은 아

랑곳하지 않고 악의 없는 표정으로 답을 기다리고 있었다. 평소 같으면 달갑지 않을 근황 토크도 이렇게 훅 치고 들어오니 피할 길이 없었다. 게다가 최근 진석에게 미래의 계획에 대해 물어본 사람은 사장이 유일했다.

— 막연하게 유튜브라도 해보려고요.

— 그래, 그런 거 좋겠다. 너는 좀 희귀종이니까 그쪽으로 나가봐. 유튜브 계정이나 알려줘.

진석은 이 곤란한 대화에서 얼른 빠져나오고 싶었다.

— 검색하면 나오긴 하는데, 아직은 별거 없어요.

진석은 얼버무리는 말투로 검색 키워드를 말하고 나서 1분 뒤 자리를 빠져나왔다.

그날 밤 진석은 사장의 희한하게 뻣뻣했던 자세와 그가 남긴 말들을 다시 떠올렸다. 등을 편다고 뭐가 달라지나? 망하고 나니 사람이 엉뚱해졌다는 생각밖에 들지 않았다. 사장이 서글픈 헛짓거리를 하고 있다는 생각에 진석은 조금 언짢아졌다.

사실 의미 없이 지내는 걸로 따지면 진석도 할 말이 없긴 마찬가지였다. 진석은 매일매일 시간을 삭제하며, 현재를 잊은 듯 지내고 있었다. 물론 깊은 마음속에선 자신도 지금 같은 상태에 머물고 싶지는 않다고 생각하기는 했다. 난 뭘 하고 있지? 진석은 아주 오랜만에 자기 자신에게 물었다. 떠올릴 때마다 절망감과 패배감이 몰려들었기에 머릿속에 떠오르는 순간 자동으로 피했던 질문이었다. 그는 불현듯 스친 생각을 지워버리듯 제로콜라를 들이켰다. 그리고 콜라의 따끔거리는 기포가 뺨 안쪽에 닿자마자 머릿속에 갑자기 전직 사장의 이름이 띵 하고 떠올랐다. 맞아. 김성곤 안드레아. 자신을 그렇게 소개하다니, 원래부터 이상한 사람이긴 했어. 진석은 생각했다.

그래서 며칠 뒤 유튜브 영상에 사장의 댓글이 달린 걸 봤을 때 그는 놀랄 수밖에 없었다. 댓글창에는 엄청나게 큰 엄지척 이모티콘이 진석을 기다리고 있었다. 그 밑으론 비공개 댓글로 밥을 먹고 싶으면 찾아오라며 근처 오피스텔의 주소가 남겨져 있었다. 놀라긴 했지만, 몹시 의외긴 했지만, 불쾌하지는 않았다.

진석은 아무렇게나 팽개친 테이프를 구식 워크맨 안에 넣고 귀에 이어폰을 꽂은 뒤 둔탁한 플레이 버튼을 눌렀다. 전주가 고막을 때리는 순간 피가 데워지기 시작했다. 진석은 자기만의 제스처로 노래를 따라 부르며 잊고 있던 자기 자신으로 돌아갔다.

오랜만에, 살아 있다는 게 느껴졌다.

17

진석과 다시 마주친 날은 하필 성곤에게 곤란한 우연이 겹친 날이었다. 콜 승인 버튼을 누르고 보니 음식을 배달해야 할 곳은 전에 살던 아파트 근처에 있는 건물이었다. 아무렇지 않게 도로 위를 달렸지만 정신은 트라우마속을 걷듯 아득했고 갑자기 불어온 바람에 다부지게 올려쓴 마스크 끈은 속절없이 떨어졌다. 이제 성곤에게 남은건 촉박한 배달 시간과 끈 떨어진 마스크뿐이었다.

엘리베이터 안에서 성곤은 익숙한 얼굴을 마주쳤다. 누가 봐도 그건, 진석이었다. 녀석의 숱 많은 눈썹과 다리미를 대고 누른 듯 납작하게 접힌 귀는 얼굴의 대부분을 가린 마스크 위로도 인장을 새기고 있었다.

성곤은 진석에게 독특한 애정을 품고 있었다. 어쨌든 망한 가게에서 가장 오래 버텨준 아이였으니까. 녀석이 자신의 그런 마음을 알든 말든 성곤은 그랬다. 굳이 알은척할 생각은 없었다. 그러나 이번에도 머리보다 입이 빨랐고, 정신을 차리고 보니 이미 자신의 연락처를 저장한 진석이 바이크에 올라타 부릉 소리를 내며 멀어져가고 있었던 것이다.

성곤이 보기에 진석은 그저 조금 말이 없는 아이일 뿐이었다. 물론 수식어를 약간 늘릴 수는 있었다. 독특하고 희귀한 취향을 가진 내성적인 아이. 하지만 진석의 동료들, 그러니까 다른 알바생들은 그런 진석을 그저 한 단어 안에 몰아넣기에 급급했다. 아싸. 그게 전부였다.

그 새끼 완전 아싸잖아, 기분 나빠. 우연히 엿들은 대화에서 성곤은 갑갑함을 느꼈다. '아싸'라는 말로 규정되는 순간 진석의 모든 것들은 그 두 글자 안에 구겨 넣어져 '불쾌함'이라는 결론으로 한달음에 치달았다.

색으로 치자면 진석은 밝은 쪽에 속하지는 않았다. 분명히 그 애는 회색이었다. 하지만 진한 회색, 연한 회색, 베이지가 섞인 회갈색, 때론 대리석처럼 빛나는 영롱한 조각을 품은 다채롭고 신비한 회색이었다. 조금만 들여다보면 알 수 있을 그 오묘함 앞에 아싸,라는 단어가 폭군처럼 나타나 이 애는 들여다볼 필요도 가치도 없는 사람이라고 조롱하며 단정 지었다. 그 말 앞에서 진석은 그저 무의미하게 말라비틀어진 시멘트 덩어리에 불과했다.

설사 자신이 꼰대라는, 역시 항거할 길 없는 단어를 선

고받더라도 성곤이 포기하지 않을 주장은 그것이었다. 그래서 그날, 어깨춤을 신나게 춘 후 그는 벙쩐 은지와 민기를 향해 일갈했던 것이다.

— 너흰 뭐든 뭉뚱그려 한 단어 안에 욱여넣고, 심판하고, 그저 증오로 가득한 이상한 줄임말이나 찍찍 갈겨쓰지. 아무 때나 꼰대 꼰대 하면서 정작 그게 제일 꼰대 같은 짓인 줄도 모르고.

하이루, 방가방가 따위의 신조어를 푸른 화면 위에 내리갈겨 쓰며 4861004, 8282 같은 삐삐 메시지에 더해 온갖 줄임말의 원조를 만들고, 그 외 기타 등등의 여러 방법으로 세기말의 다이내믹한 풍경을 연출했던 본인의 세대를 잊은 채 성곤은 엄숙하게 말했고, 은지와 민기, 진석의 얼굴이 각기 다른 이유로 붉어지거나 파래지는 걸 봤다.

성곤이 진석에게 듀란듀란의 테이프를 빌린 것도 그런 연유에서였다. 밝지 않은 성격과 마니악한 취향이 누군가를 욕할 이유인가. 이럴 땐 사장의 권위로 넉살 한번 부려도 되는 거 아닐까. 그래서 그날 성곤은 마지막 대사를 이렇게 맺은 것이었다.

— 말 나온 김에 진석아, 그거 나 좀 빌리자.

선의가 꼭 좋은 결과를 보장하진 않는다. 그다음 날부터 성곤은 은지와 민기의 얼굴을 볼 수 없었고 곧 사업적 재난이 닥쳤다. 정신없이 일을 처리하며 가게를 정리하는 바람에 듀란듀란 테이프를 진석에게 다시 돌려줄 생각 같은 건 떠올릴 수조차 없었다. 그렇게 몇년이 흐르고 김성곤이 더욱 나락으로 빠진 뒤, 마침내 그가 절망에 빠져 상자들을 쓰러뜨린 그날, 어느 잡동사니 상자에서 듀란듀란 테이프가 빼꼼히 고개를 내민 것이었다. 날 잊었느냐고, 나 같은 존재도 있다고 말을 건네기라도 하듯. 그래서 엘리베이터 앞에서 오랜만에 진석을 만났을 때 성곤은 그 절묘한 우연 앞에 테이프를 돌려주겠다고 말하지 않을 수 없었던 것이다.

그러나 버거킹에서 진석을 다시 만나고 난 뒤 성곤은 의문에 휩싸였다. 정확히 말하면 후회 섞인 의문이었다. 일말의 반가움이나 고마움을 표현하길 바란 것도 과한 기대였을까. 시종일관 뚱한 표정의 진석이 쏟아낸 성곤에 대한 냉정한 말들은 이미 약해질 대로 약해진 이 사내의 마음에 숭숭 구멍을 내고도 남았다.

내가 그렇게 별로인 사장이었나? 진석에게 호쾌하게 끝인사를 건네고 돌아서자마자 성곤은 찝찝하게 반문했다. 자기 자신이 꼰대라는 걸 인정할 꼰대는 없을 테지만, 억울했다. 상대가 소중하게 생각하던 물건을, 오랜 시간이 지난 뒤에도 잊지 않고 돌려주는 건 꽤 성의를 들인 거 아닌가. 작은 감격의 표정이나 하다못해, 와 같은 짧은 감탄사라도 기대한 것조차 꼰대의 상징인가. 이 세대에겐 그조차 무리란 말인가!

부질없는 섭섭함과 별개로 안타깝기도 했다. 젊은 진석에게서는 자포자기한 자의 패배감이 풀풀 풍겨났다. 예전에는 별나긴 해도 자기만의 무언가를 가졌던 아이였는데. 한때 꿈이라고 말했던 음악이라는 단어를 하찮게 던져버리듯 말하는 진석에게서 왜 실망을 느낀 걸까. 내가 무슨 자격으로.

하지만 성곤은 듀란듀란 테이프를 본 진석의 눈빛이 순간적으로 번뜩이며 빛나던 모습만큼은 놓치지 않았다. 그래서 묘한 실망감 뒤에도 잊지 않고 진석이 말한 유튜브 계정에 들어가봤던 것이다.

채널엔 아직 별다른 콘텐츠랄 것도 없었다. 몇몇 밴드의 희귀한 영상과, 대중은 잘 모르는 비하인드 스토리가 코멘트로 달려 있을 뿐이었다. 그럼에도 성곤은 그 꾸며지지 않은 채널에서도 진석의 독특한 캐릭터를 느낄 수 있었다.

　─이 자식은 불씨 하나가 없어. 아니, 아예 없진 않은
것 같은데. 그게 아직 켜지질 않았지.

　커다란 엄지척 이모티콘을 남긴 성곤이 중얼거렸다. 진
석은 켜지지 않은 성냥 같았다. 작은 불씨만 한번 탁 켜주
면 밝게 빛을 뿜어낼 텐데 그 한방이 없는 아이였다. 그렇
지. 성곤은 포기하듯 뇌까렸다. 우리 모두 그 한방이 없기
에 다들 이렇게 평범하게, 그저 그렇게 살아가는 거지.

　그런 방식으로 생각을 접었기에, 얼마 후 진석이 진짜
로 찾아왔을 때 성곤이 놀란 건 당연했다.

18

　─공간이 꽤 넓네요.

　─그렇지? 쓸데없이.

　─근데 저, 괜히 온 건가요?

　─아냐 아냐. 오늘 나도 일찍 일 마치고 쉬러 들어왔
어. 배고프지. 뭐 시켜줄까, 짜장면?

　─괜찮아요. 그냥 근처 지나다가 생각나서 들른 거니까.

　─야, 설마 내가 짜장면 한그릇도 못 시켜줄 거라고

생각하는 건 아니지?

　──먹고 왔어요. 표정 보니까 좀 놀라신 거 같네요.

　──네가 라이더 복장으로 와서 그렇지. 시키지도 않은 음식이 배달 온 줄 알고 식겁했잖냐.

　──저한테 테이프 돌려주셨잖아요. 놀러 오라고 하셨길래 한번은 들러야 저도 예의일 것 같아서…… 근데 이 오피스텔 혼자 쓰시는 거예요?

　──응 일단은. 사정이 복잡해. 감당할 수 없는 걸 감당 중이라서 말이지.

　──좋겠다. 이런 공간 있으면 뭐라도 해볼 텐데. 저 지금 누나랑 살아서 진짜 개인적인 건 아무것도 못하거든요. 여기 박스가 되게 많네요. 마스……크?

　──야야, 그건 또 왜 건드리니.

　──거울에 저 표시는 뭐예요? 뭔 셀카를 저렇게 많이…… 근데 왜 다 옆모습이에요?

　──아, 저거. 내가 자세를 고치려고 노력하고 있거든.

　──아, 지난번에 말씀하셨던……

　──웃기지? 그냥 그런 생각이 들었어. 작고 의미 없어 보이는 것들로도 삶이 바뀌지 않을까 하는.

　──그 첫 단추가 자세 고치기인 거예요?

―첫 단추인지 마지막 단추인지는 모르겠지만, 일단 해보는 거지.

―그죠, 해보는 거죠. 그리고 그다음엔요?

―있잖아, 진석아. 난 그동안 뭘 할 때마다 늘 목표를 생각했거든. 근데 그 목표들이 순수하지가 않았어. A는 B를 위한 행동이고 B는 C를 위한 행동이었을 뿐이었으니까. 그랬거든? 근데 그게 다 부질없게 느껴지더라. 최종 목표가 무너지면 중간에 했던 A부터 Z가 전부 무의미해지더라고. 그래서 이제 그렇게 거창한 목표 같은 걸 안 세우기로 했어. 행동에 목표를 없애는 거지. 행동 자체가 목표인 거야.

―미래를 생각 안 한다는 거예요?

―언젠가는 다시 생각할지도 모르지. 하지만 일단은 아니야. 네 말대로 지금은 미래 같은 거 생각 안 해. 충분히 많이 해봤거든. 근데 도착해야 할 미래의 이정표를 너무 먼 곳에다 세워놓으니까, 현재가 전부 미래를 위한 재료가 되더라고. 자세 하나 고치는 거, 그 자체가 목표야. 그다음? 그런 거 없어. 그냥 하나라도 온전하게 끝까지 해보고 싶어.

―………

―미안하다, 이런 푸념이나 하려고 오라고 한 건 아닌데.

　―아니에요, 응원합니다.

　―고맙다. 근데 이게 말야, 혼자서 하려니 역시 잘 모르겠더라. 매번 벽에 대고 셀프타이머 설정하고 찍어도 어째, 어설픈 사진만 찍힌다. 누가 좀 찍어주고 지켜봐주면 좋을 텐데.

　―……이런 건 어떠세요? 제가 가끔 들러서 사장님을 찍어준다든가 하는.

　―네가?

　―뭐, 일주일에 한번 정도? 그럼 부담스럽지도 않을 거고, 사장님도 객관적인 시선이 필요하댔으니.

　―음.

　―밥 같은 건 필요 없으니까 부담 안 느끼셔도 돼요. 목적 없이 뭘 한다는 게 마음에 들어서요.

　―그래?

　―게다가, 저도 사장님한테 감사할 만한 일이 있기도 하고.

　―감사할 만한 일?

　―사장님 가게 닫기 직전에 있잖아요. 제가 월급 달

라고 하니까 그날 지갑까지 털어서 바로 주셨어요. 동전
까지 탈탈 털어 밥 한끼 먹을 보너스까지 얹어서. 사실 좀
죄송했어요.

─너도 멀었다. 받을 돈 받는 게 뭐 미안한 일이냐.

─그땐 그랬는데 지나고 보니 좀 어렸더라고요, 제 말
투 같은 게.

─지금도 충분히 어려. 새파래. 머리끝은 피도 안 말
라 새빨갛고.

─그리고 그때 사장님이 기부도 조금씩 하셨잖아요.
카운터 앞에 작은 저금통 놓고 모인 돈 복지시설에 송금
하고, 매출 중 일부는 학자금대출 받은 학생들한테 기부
하고.

─그랬냐? 맞아, 그랬지. 지금은 다 지난 꿈 같다.

─별거 아닌 거 같아도 그런 게 기억에 남아요.

─……

─어쨌든 사장님만 괜찮으시면 가끔 와서 사진 찍어드
릴게요. 잘되고 있나 점검도 하면서. 근데 여기 공간이 꽤
크네요. 박스를 이렇게…… 놓으니까 책상 같지 않아요?

─그렇게 볼 수도 있겠네.

─이런 데서 지내면 진심 뭐가 될 것 같은 기분이에

요! 어쩌다 들러서 조용히 머리도 식히고 이것저것 구상도 해보면 진짜 좋겠다.

— 그럼 그렇게 하면 되지.

— 정말요?

— 그래. 어차피 공간도 남고. 근데 그전에 몇가지 약속부터 명문화하자. 내가 살아보니까, 가까울수록 이런 게 중요하더라. 부대끼면 반드시 트러블이 생기거든. 경계도 무너지고. 하지만 처음부터 약속해놓으면 괜찮지.

— 좋아요.

— 비용은 무료. 밥값은 따로. 머물기로 한 시간을 지킬 것. 불시에 나가달라고 해도 무조건 오케이하기.

— 저야 완전 콜이죠. 솔직히 그냥 해본 말인데, 흔쾌히 허락해주시니 오히려 조금 이상한데요?

— 나도 내내 혼자인 것보단 가끔 둘인 게 낫겠단 생각이 들어서.

— 어, 이거 칸막이로 쓰면 되겠다.

— 야야, 벌써 공사 시작이냐.

— 온 김에 틀 짜는 거죠.

— 근데 너 원래 이렇게 말이 많은 애였니? 선택적 함구증, 그런 거였던 거야?

─그러게요. 죽이 잘 맞는 건가.

─야야, 그만 옮겨. 이 자식 봐라, 벌써 자기 구역을 만들고 있네.

─근데 사장님 웃는 모습 오랜만이다. 보기 좋아요.

─내가 웃었냐?

─네.

─그러는 넌 왜 웃고.

─저 웃었어요?

─그래 인마, 너도 보기 좋다.

처음엔 멋쩍어하며 가끔씩만 들르겠다던 진석은 점점 자주 찾아오더니 나중엔 아예 성곤의 오피스텔 한쪽을 아지트처럼 쓰기 시작했다. 옆으로 선 성곤의 자세를 매일 찍어 인쇄한 뒤 벽에 붙여두는 것도 잊지 않았다.

처음엔 성가실 거라고 생각했지만, 지켜보고 기록해주는 존재 앞에서 성곤의 작은 목표에도 체계와 리듬이 생긴 것 같았다. 진석은 구석에 마련한 자신의 공간에 노트북과 헤드폰을 가지고 들어가 미동도 없이 시간을 보냈다.

─저도 뭐든 시작해보려고요. 처음엔 사장님의 자세 교정이 우습다고 생각했는데, 매일 사진을 찍다보니 작은

일도 그 자체를 목표 삼아 하시는 게 대단해 보여서……
저만의 콘텐츠를 연구 중인데 아직 말씀드릴 순 없고, 더
준비되면 그때 알려드릴게요.

진석이 말했다. 사장이라고 부르지 말라고 해도 진석은
마땅한 호칭이 없다며 성곤을 계속 사장님이라고 불렀다.
형이라 부르기엔 나이 차가 너무 크고 선배라고 하기엔
무슨 선배인지 불분명하다는 게 이유였다.

하지만 피자가게에서 성곤을 진짜 사장으로 대할 때
진석이 세웠던 벽은 허물어진 지 오래였다. 성곤은 차츰
진석에게 다른 면이 있다는 사실을 알게 됐다. 타고난 숙
맥이라고 생각했던 진석은 분위기와 코드가 맞는 사람과
함께라면 더없는 수다쟁이에 오지라퍼였다. 그럴 기회가
주어지지 않았을 뿐이었다. 매력 있는 녀석이었다.

오피스텔 벽엔 진석이 같은 위치에서 찍은 성곤의 자
세 사진이 하나씩 붙어갔다. 사진들은 언뜻 엇비슷해 보
였으나 처음과 비교하면 확실히 변화가 보였다. 굽었던
성곤의 허리는 서서히 펴지고 있었으며 배도 아주 약간
들어갔다. 안으로 잔뜩 말렸던 어깨는 조금씩 반듯하고
자연스러운 모양으로 자리 잡아가는 중이었다.

단 하나의 목표만 있는 삶은 단순하고 명쾌했다. 성곤은 자전거로 바람을 가르며 음식을 배달하고 허겁지겁 밥을 먹고 머릿속에 많은 걸 품지 않으려 때론 일부러 더 고되게 일했다. 지금 그가 살아내는 삶은 몸뚱이 하나만 있으면 목표를 이룰 수 있는 삶이었다. 살아 있기만 하면 되니 목표를 이루지 못했다고 자괴감에 젖을 일도 없었다. 그렇게 얼마간 살아보니, 살기 위해 살아내는 삶도 나쁘지 않다는 생각이 들었다.

겨울이 막 지나가고 봄의 기운이 느껴질 무렵, 김성곤은 과거의 사진과 가장 최근에 찍은 사진을 햇빛에 대고 겹쳤다. 전에는 충격적으로 차이가 났던 두 남자의 실루엣이 언뜻 비슷해 보였고 그걸 확인한 김성곤 안드레아의 얼굴에는 아주 오랜만에 만족의 미소가 떠올랐다.

19

성곤이 배달을 다니는 동네는 예전에 그가 살았던 곳으로, 주택가와 작은 시내가 합쳐진 길목에 학원가와 상권이 발달한 곳이었다. 어느 날 우연히, 아영이가 다녔던 유치원 건물에 배달을 나간 성곤은 감회에 젖었다. 아장

거리던 아영이의 모습이 떠올랐다.

유치원이 있던 자리에는 커다란 영어학원이 생겨 있었다. 마침 성곤이 도착했을 때 공교롭게도 학원에서는 차량 운전기사 면접이 진행 중이었다. 나이 지긋한 남자들이 로비를 쭈르르 메우고 있었다. 성곤은 그들을 흘깃 살폈다. 다들 피곤해 보였다. 50대 후반에서 60대 초반. 색으로 치면 고동색. 그 나이대 남자에게서 푸르름이나 싱그러움을 기대하는 건 무리니까.

그런데 그중 한 남자가 유독 성곤의 시선을 사로잡았다. 그도 색으로 치면 고동색이긴 마찬가지였고 실제로 고동색 재킷에 고동색 모자를 쓰고 잿빛이 섞인 낡은 고동색 구두를 신은 채였다. 왜소하고 마른 몸에, 얼굴 위로는 세월의 나이테가 깊었다. 그러나 다른 이들처럼 눈을 감고 있거나 하품을 하며 휴대전화를 보는 대신 남자는 화초를 가만히 들여다보고 있었다. 그를 지켜보는 사람이 없었으므로 가식적인 행동으로 보이진 않았다. 성곤은 자신이 왜 그 남자를 바라봤는지 깨닫지 못한 채, 음식을 받으러 온 학원 선생에게 두툼한 비닐에 싸인 쌀국수 5인분을 건네고 돌아섰다. 언뜻 유리창 너머로 방금 그 남자가 사람 좋은 선한 얼굴로 면접장에 들어서는 모습이 보였다. 언뜻 보아도 태도에서 소탈함이 배어나왔다. 저런 분위기는 어디서 비롯되는 걸까. 성곤은 떠오르는 의문을 얼른 잠재웠다. 평소에도 저러겠어? 생계와 돈이 걸린 면접 자리에서 보이는 사회적인 태도일 뿐이겠지. 그 생각을 뒤로한 채 성곤은 엘리베이터에 올라탔다.

　남자를 다시 본 건 얼마 후 그 근처를 지나며 신호 대기에 걸렸을 때였다. 면접을 통과해 학원에서 근무를 시작한 모양인지 남자는 건물에서 우르르 쏟아져나오는 아이들을 하나하나 애정 어린 눈빛으로 반기며 친절하게 버스에 태우고 있었다.

　남자에게서는 설명하기 힘든 단단하고 알찬 기운이 느껴졌다. 처음이라 그런지 열심히 하는군. 일한 지 얼마 안 돼서 여유가 넘치나? 하긴, 없던 일자리를 구했으니 그럴 만도 하지. 성곤은 속으로 샐쭉대곤 괜스레 다른 때보다 더 힘차게 페달을 밟아 그 길을 지나쳤다.

　그후로도 어쩌다가 학원 근처를 지날 때마다 성곤은 자주 남자를 목격했다. 그는 한결같이 평화로운 미소를 띤 채 아이들을 인솔했고 그 얼굴은 운행 중일 때도 거의 변화가 없었다. 시간이 남으면 남자는 막 피기 시작한 나

무의 새순과 돋아나는 푸른 잎들을 지그시 바라봤다. 어느 날, 성곤은 신호 대기 중에 그와 눈이 마주쳤다. 왜인지 움찔 굳어버린 성곤에게 남자가 고개를 아래로 내리며 눈인사를 건넸다. 당황한 성곤은 자기도 모르게 인사로 보일 수도 있을 법한 눈짓을 하곤 달아나듯 자리를 떴다.

며칠 후 어느 이른 저녁, 성곤은 찐만두를 사서 그 근방을 걸어 내려오다가 남자가 아이들을 인솔하는 모습을 봤다. 그날따라 꽉 막힌 도로는 빵빵대는 차들로 가득했다. 아이들은 지쳐 보였고 대열은 하나로 모이지 않았다. 주변을 지나치던 오토바이들이 정체된 차량을 피해 사이사이로 운행을 했다. 잠깐 한눈파는 사이 아이들이 위험해질 요소가 많이 보였다. 그러나 그런 급박한 상황에서도 남자의 평화로운 태도는 여전했다. 그는 아이들을 침착하고도 빠르게 인솔했고, 눈이 네개라도 달린 듯 대열을 이탈한 아이를 안전한 쪽으로 부드럽게 이끌었으며 도로 위를 아슬아슬하게 붕 지나가는 오토바이를 냉정하게 바라보는 눈빛은 마치 '기억해두겠어'라고 말하는 엄격한 상사를 연상시켰다. 성곤은 실망했다. 그는 남자에게서 피곤과 짜증 어린 얼굴을 기대했다. 그런 상황에서라면 누구나 지을 그런 표정 말이다.

사실 그날따라 김성곤은 아주 고단했다. 종일 끼니도 굶으며 들인 시간에 비해 일은 적었고 늦은 저녁으로 산 봉지 속의 만두는 척척했다. 집에 가면 이미 기대했던 맛이 아닐 거라는 생각이 벌써부터 마음을 불쾌하게 만들었다. 종일 남의 먹거리를 배달하면서 고작 자신의 배에 들어가는 건 이런 음식이라는 게 무언가를 잔인하게 은유하는 것 같아 성곤의 얼굴엔 짜증이 잔뜩 드리워졌다.

—어이, 박씨, 이제 내가 할 테니 밥 먹고 해.

남자의 동료가 그를 불렀다. 남자는 낮고 분명한 목소리로 먼저 드시라고 하고는 다시 아이들을 챙기기 시작했다. 김성곤은 밥까지 굶어가며 미소를 띤 채 아이들을 인솔하는 남자 앞에 멈춰 섰다. 남자가 신속한 동작으로 아이들의 옷깃을 여며주며 버스로 아이들을 한명씩 들여보냈다. 벌써 아이들의 마음을 얻은 모양인지 막 사춘기에 접어든 남자아이들조차 그에게 깍듯하게 인사했고 남자는 아이들의 존재가 끼니를 대신하기라도 하듯 환한 웃음으로 답했다. 어떤 상황에서도 쉽게 부서지지 않을 단단한 미소였다. 성곤이 생각하기에 그런 미소는 그걸 가지고 태어난 사람만, 애초에 그런 성정을 타고난 사람만 지을 수 있었다.

김성곤은 남자와 비슷한 사람을 삶에서 딱 두명 알았다. 한명은 어린 시절 성당에 새로 부임한 젊은 신부였고 다른 한명은 중학교 때 자주 가던 분식집 사장이었다. 그들은 세상이 어떤 고난을 선사해도 그저 미소로 품어 안았다. 그리고 그 선함 때문에 피해를 봤다. 누구에게나 친절했던 젊은 신부는 여성 신도와 부적절한 관계를 맺었다는 추문에 견디다 못해 본당을 떠나야 했고, 외상과 진상 손님에 늘 시달리면서도 넉넉한 인심을 잃지 않았던 분식집 사장은 믿었던 친구의 보증을 섰다가 결국 가게 문을 닫고 화병으로 앓아누웠다.

　　착하면 당하고 당하면 패배하고 패배하면 도태된다. 그게 김성곤 안드레아의 지론이었다. 그 생각을 품고 그는 남자를 다시 바라봤다. 저 사내도 그런 걸까. 그 어떤 과정을 겪고 또 겪다보니 저 나이에 학원 버스를 몰며 아무런 욕심 없이 초연할 수 있는 건가. 성곤의 상상과 관계없이 오늘도 남자의 얼굴은 마냥 따사롭기만 했다.

　　문득 성곤의 머릿속에 남자의 미소를 따라 해보고 싶다는 생각이 스쳤다. 눈꼬리에 힘을 풀고 입은 자연스럽게 양 끝으로 당기고, 웃는다.

　　김성곤은 생각을 행동으로 옮겼고 다음 순간, 건물에

서 막 내려온 한 아이와 눈이 마주쳤다. 아이는 감전된 듯 멈춰 서더니 위험물질을 피하듯 다다다 달려갔다. 성곤은 황급히 표정을 지웠다. 머쓱하고 민망했다.

오피스텔로 돌아오는 내내 성곤은 자신의 얼굴이 어땠길래 아이가 재앙이라도 닥친 것 같은 표정을 지었는지 궁금해 견딜 수가 없었다. 그날 저녁 오피스텔로 돌아와 거울을 본 그는, 가쁜 숨을 몰아쉬며 미소를 지었다. 그리고 새삼 깜짝 놀랐다.

그는 분명 웃고 있었다. 그러나 그건 옆으로 퍼진 미소가 아니라 아래로 째진 미소였다. '쪼개다'라는 표현이 웃는다는 의미라면 성곤의 얼굴은 가로가 아니라 세로로 쪼개져 있었다. 입가의 팔자 주름마저 아래로 직진해 팔(八)보단 아라비아숫자 11에 가까웠다.

이거 완전히 이진법 얼굴이네. 김성곤이 중얼거렸다. 자신의 얼굴을 기호와 숫자로 표현한다면 동그라미 안에 몇개의 납작하거나 길쭉한 동그라미를 더 그려 넣고 눈과 눈 사이에 11, 입 양쪽 옆에 1이라는 숫자를 써넣으면 될 것 같았다. 이런 얼굴로 형식적으로 짓는 미소라면, 무서울 만도 했다.

116

─뭐 하세요?

어느새 다가온 진석이 수상하게 묻는 바람에 성곤은 움찔 뒤로 물러섰다.

─나 어때 보이니.

─어……

진석은 성곤을 따라 거울을 응시했다.

─웃으시는 거……죠?

─응, 보다시피.

진석은 턱을 쓰다듬으며 심각한 고민이라도 하듯 고개를 갸웃거렸다.

─빨리 말해줘. 어때 보이냐.

─솔직하게요?

─당근.

─힘들어 보여요, 몹시.

성곤이 표정을 탁 풀었다.

─별게 다 어렵네.

툴툴대는 성곤에게 진석이 이렇게 덧붙였다.

─이번엔 또 어떤 의도이신지 모르겠지만 한마디만 드리자면, 표정은 감정에서 나오는 거 아닐까요?

─감정?

―표정은 자세를 바꾸는 것보다 난도 레벨이 더 높을 것 같아요. 자세는 몸을 펴면 고쳐지지만, 표정은 진실된 감정이 있어야 제대로 나오는 거니까.

20

그날 저녁 성곤의 눈물겨운 웃음 도전기가 펼쳐졌다. 성곤은 휴대전화를 셀카 모드로 놓고 나름대로 다양한 웃음을 시도했다. 미소, 조소, 냉소, 환한 웃음, 따스한 웃음, 감격한 웃음…… 각각의 표정에 걸맞은 상황을 떠올리며 그는 쉴 새 없이 셔터를 눌렀다. 자신의 표정을 분석한 뒤 개선해보고 싶었다.

그러나 떨리는 마음으로 사진을 살펴본 성곤은 실소를 내뿜지 않을 수 없었다. 수많은 사진 속에 담긴 표정이 한결같이 똑같았다. 끔찍하게 연기를 못하는 배우 같았다. 그리고 이렇게 연기를 못한다면 인생이라는 무대 위에서 김성곤이라는 캐릭터의 흥행이 실패한 이유에 웃음, 혹은 표정이라는 요소도 큰 몫을 했을 게 분명했다.

―옛날에 찍은 사진 없어요?

진석이 또 예고 없이 참견했다.

──가게에 걸려 있던 개업식 사진 있잖아요. 그 사진 속 사장님 표정이 참 밝았는데.

진석의 말에 성곤은 한참 동안 클라우드를 뒤져 그 사진을 찾아냈다. 처음 피자가게를 열었던 날 가게 앞을 장식한 축하 화환 앞에서 찍은 사진이었다. 이미 몇차례 실패를 경험한 뒤였지만 사진 속의 그에게선 패기와 자신감이 엿보였다.

또다시 과거를 헤집으며 힌트를 발견하려 노력하던 성곤은 우연히 영상 클립을 하나 발견했다. 가게를 열고 얼마 되지 않아 열린 본사 송년회 풍경이었다. 정다운 크리스마스 장식과 흥겨운 캐럴을 배경으로 사람들이 기분 좋은 흥분에 둘러싸여 있었다. 성곤이 지점장 대표로 나서 인사말을 했다. 파이팅과 메리 크리스마스, 새해 복을 언급하는 그의 축사엔 특별할 게 없었다. 하지만 얼굴에는 자연스러운 미소가 흘렀다. 동료들과 인사를 나누는 모습에서조차 의례적인 웃음이 아닌, 자연스럽고 소탈한 웃음이 터져나왔다.

김성곤은 자포자기한 심정으로 영상을 껐다. 이제 그가 그런 표정을 짓지 못하는 건 너무도 당연했다. 확신, 희망, 충만함을 가지고 있어야 나올 수 있을 표정이 현재의 그에게서 어떻게 나온단 말인가. 지금의 그에게 어울리는 건 미간에 자리 잡고 앉은 세로 주름뿐이었다. 지워내는 건 물론이요, 잠깐 펴는 것조차 힘들 정도로 깊어진 세로 주름. 그게 나이로 보나 상황으로 보나 자신에게 딱 맞는 훈장이었다.

갑작스럽게 낙담한 성곤의 얼굴은 더욱 엄숙하고 근엄하며 침울해졌다. 그 상태로 거울을 본 그는 자기도 모르게 또다시 실소를 뿜어냈다. 낙담한 얼굴마저 무표정했다. 아까 찍은 사진들과 이어 붙여도 별 차이를 못 느낄 것 같은, 한마리의 뚱한 곰 같은 표정이었다. 예전엔 침울한 표정을 지으면 침울해 보였고 낙담한 표정을 지으면 낙담한 것처럼 보였다. 그런데 지금은 비가 오나 눈이 오나 기쁠 때나 슬플 때나 모든 표정이 평평하게만 느껴지다니.

별게 다 어렵네. 성곤은 어느새 습관이 된 말을 또다시 중얼거렸다. 그러나 말 한마디 섞어본 적 없는 버스기사를 떠올리자 불끈하는 도전 정신이 그를 사로잡았다. 투지가 불타올랐다. 기뻐도 슬퍼도 한가지 표정인 채로 살기는 싫었다. 김성곤은 이 게임에서 반드시 이기고야 말겠다는 각오로 거울 속 자신을 향해 어색한 미소를 날렸다.

그 순간 경고음 같은 떵 소리가 울렸다. 고개를 들자 기다란 셀카봉을 든 진석이 보였다. 카메라는 성곤을 향해 있었다.

—네, 이분은 저희 회사 사장님입니다. 정확히는 예전 직장의 전직 사장님이시죠.

진석이 밝은 목소리로 말했다.

—워워, 지금 뭐 하는 거니.

성곤이 죄지은 사람처럼 팔을 교차해 얼굴을 가리자 진석은 휴대전화를 내렸다.

—실시간 스트리밍은 아니니까 걱정 마세요. 녹화해보고 괜찮으면 전적으로 사장님 허락하에 올릴게요.

—뭔데.

—유튜브 제대로 시작했거든요. 근데 카메오 초청도 가끔 해볼까 해서.

—그게 나고?

진석이 헤헤 웃었다.

—채널 테마가 80년대 팝이니까 그 시절을 기억하는 분이 출연하면 진정성이 더 확보되지 않을까 싶어서요.

—진정성 확보해서 뭐 하게.

—뭐, 정확히 말하면 돈 벌 궁리죠.

진석이 대수롭잖게 말했다. 성곤은 고개를 저었다.

―처음부터 돈만 생각하면 안 돼, 의미를 생각해야지.

―의미까지 있으면야 좋죠. 근데 의미 같은 거야 일단 돈이 된다는 걸 확인한 다음에 찾아도 되는 거니까.

성곤이 진지한 눈빛으로 진석을 바라봤다.

―나도 그렇게 생각했거든. 근데 잘되는 놈들 있잖아. 잠깐 잘되는 놈 말고 길게 잘되는 놈들. 결국 처음부터 의미를 생각한 놈들이더라. 의미가 전제되지 않으면 반짝 잘되다가 망하는 거야. 기억해. 요행수는 오래 안 간다. 자극적인 음식이 결국 몸을 상하게 하는 것처럼.

얘기를 마치고 난 성곤의 혀끝에 씁쓸한 맛이 감돌았다. 실천하긴 어려워도 조언하는 건 쉽다. 세상을 조금 더 멀찍이서 바라볼 수 있으니까.

―제 생각엔 말이죠, 사장님이 지금 하시는 의미 없는 시도에 뭔가 의미가 있을 것 같은데요.

진석이 말했다.

―그런 거 없어. 의미가 없는 게 의미라니까.

―저 말고 다른 사람들도 사장님의 변화를 보면 용기를 얻지 않을까요? 그런 '의미'에서 제 유튜브에 가끔 출연하시면 어때요?

─유튜브는 순수성이 떨어져서 안 돼. 그리고 댓글 같은 거에 영향받기도 싫어.

피자가게를 운영하며 학을 뗐던 별점 테러를 떠올리며 성곤이 말했다. 사실은 그렇게 말하면서도 고민이 됐다. 그가 좋아하는 바이올리니스트 힐러리 한도 '100일 연습'이라는 타이틀을 걸고 100일간 매일매일 연습하는 과정을 올리지 않았는가. 그걸 보면서 대가도 저렇게 열심히 하는구나, 생각했던 성곤이었다. 확실히 '함께 지켜보는 눈'이 있다는 사실은 결심에 확신을 더하고 실행력에 시너지가 됐다. 그러나 성곤에게 그 존재는 진석으로 족했다. 소셜미디어의 테크트리 안에서 타인의 시선과 댓글은 좋은 자극제를 넘어 결국 콘텐츠 제공자를 조종하는 비논리적 실체가 된다는 걸 성곤은 알고 있었다. 남들의 시선과 평가에 자신을 맡기고 싶지 않았다. 두가지 생각 사이에서 망설이는 성곤에게 진석이 말했다.

─안타깝네요. 요즘 시대에는 관종이 돼야 살아남는데.

─야, 넌 어떻게 생각할지 모르겠지만 나 그 말 진짜 싫어하니까 내 앞에서 그 단어 말하지 마라. 말 나온 김에 혐오라는 단어랑 충으로 끝나는 말도 일절 금지야. 이건 내가 너보다 더 살아서가 아니라 네가 친구였어도 똑같이

해줬을 말인데, 내가 진짜 혐오하는 건 아무 데나 갖다 붙이는 혐오라는 말이랑 마치 겸손한 것처럼 자기 자신한테 쓰는 충과 관종이라는 말이야. 품격도 없고 솔직하지도 못해.

진석은 말한 걸 후회한다는 듯 애매하게 고개를 끄덕이며 네네 했다.

─저도 그런 단어들이 좋아서 쓴 건 아니에요. 그냥 다들 별생각 없이 쓰는 말이니까 맥락상 편할 때 쓰는 거지. 하지만 알겠어요, 무슨 말인지.

진석이 잠깐 생각하더니 말을 이었다.

─어쨌든 언제라도 출연하고 싶으시면 알려주세요. 제가 보기엔 사장님, 충분히 매력 있는 캐릭터니까.

기대한다는 듯한 표정을 지으며 진석은 다시 오피스텔 한구석, 자신의 아지트로 돌아갔다.

21

─훤칠해졌네. 어떻게 그 나이에 키가 커?

어느 날 아침, 여느 때처럼 콜을 받기 위해 피곤한 몸을 이끌고 건물을 나서는데 성곤의 귀에 그런 목소리가 들렸다. 가끔 눈인사만 주고받는 경비원이었다.

큰 의도가 있는 말은 아니었는지 경비원은 말이 끝나기도 전에 이미 계단 위로 걸음을 옮기고 있었다. 성곤은 한동안 그 자리에 못 박힌 듯 서 있었다. 자기도 모르게 웃음이 터져나오더니 가슴 한구석에서 미세한 기쁨이 느껴졌다. 확실하고 순수한 기쁨이었다. 투자한 주식의 가치가 올라갔을 때 느끼는 미칠 듯한 흥분 같은 게 아니라, 작은 사탕 꾸러미를 받은 어린아이가 온몸과 마음으로 느낄 것 같은 충만한 기쁨이었다. 그 기분은 그날 오전 내내 성곤의 입가에 웃음을 불어넣었다.

하지만 오후가 되자 그를 채웠던 감정은 풍선에서 바람이 빠져나가듯 한순간에 사라지고 없었다. 성곤은 그 얘기를 진석에게 털어놨다.

─당연하죠. 경비아저씨가 사장님한테 그렇게 중요한 존재는 아니니까.

진석이 간단한 답을 내놨다.

─그런가……

─가족의 칭찬이었다면 달랐을 거예요. 왜 가까운 사람에게 표현하고 인정받는 게 제일 어려울까요. 누가 그거 논문으로 쓰면 좋겠어.

아마도 이미 수많은 논문이 있을 거라고, 그래도 달라지는 건 없을 거라고 성곤은 구태여 말하지 않았다. 가장 가까운 사람에게 상처 주는 건 인간의 보편적 특징이기라도 한 걸까. 그건 어디서나 목격할 수 있는 비일비재한 풍경이었다. 겉에서 보면 멀쩡한 사람들이 한꺼풀 걷어내면 다들 곪아 있는 이유도 따지고 보면 비슷했다. 제일 소중하게 여기고 조심해야 할 사람에게 그러지 못해서. 할퀴고 긁고 모독하느라고.

그 점에서 성곤은 죄가 많은 사람이었다. 갑자기 그의 머릿속에 누군가의 얼굴이 떠올랐다. 성곤은 그 얼굴의 주인공이 무척이나, 사무치게 보고 싶었다.

22

란희는 계산대 앞에 서서 손님에게 공손히 인사를 건넸다. 그녀는 백화점 식품부 카운터에서 일하는 요즘의 생활에 매우 만족했다. 백화점은 최근 리뉴얼을 해서 깨끗했고 유니폼도 새것이었다. 깔끔한 모자와 손을 보호해주는 장갑의 보드라운 촉감이 마음에 들었다. 노동환경도 훌륭했다. 앉아서 일할 수 있는 의자와 휴게실. 실제로 앉는 경우는 거의 없었고 휴게실에도 자주 들르지는 못했지만 그런 건 별로 중요하지 않았다.

매장 안에는 부드럽고 경쾌한 음악이 흘러나왔다. 세련된 차림의 손님들이 일상의 격을 높여주는 식자재와 생필품을 골랐고 란희는 그곳의 손님들을 돕는 존재였다. 대학을 졸업하고 중견 기업의 마케팅팀 대리까지 승진한 그녀였지만 긴 경력 단절 끝에 할 수 있는 일은 많지 않았다. 하지만 이것도 괜찮았다. 새 출발이라는 말이 딱 어울렸다. 존중받았고 과거와는 완전히 끊어졌다. 이른 아침 홀로 나선 산책길에서 상쾌한 공기를 몸속 가득 담고 '할 수 있어!'라고 중얼거리는 것 같은 일상이었다.

란희의 조용한 환희는 툭, 하는 소리와 함께 깨졌다.

계산대 위에 올려진 건 곰돌이 모양의 하리보 젤리였다. 자신이 좋아하는 것이었기 때문에 란희는 반가운 마음으로 젤리를 집어 들었다. 소량 계산대도 아닌데 백화점에서 젤리 한개만 사는 사람도 있구나. 하긴 여긴 모든 게 이해되는 공간이니까. 그렇게 생각하며 란희는 예의 바른 미소를 띠고 바코드를 찍었다. 그런데 무심코 시선에 들어온 손이 낯익었다. 짤막하고 튼실한, 물에 불린 소시지같이 뚱뚱한 손가락.

설마. 란희는 소시지가 내민 카드를 봤다. 낯익은 은행의 낯익은, 유효기간이 얼마 남지 않은 낡은 카드. 란희는 설마가 설마라는 것을 확인하고자 용감히 고객을 올려다봤다. 그리고 터져나올 뻔한 외마디 비명을 간신히 참아냈다.

　─일 잘한다.

　그 지겨운 진상이 자신을 향해 나불댔다. 란희는 카드를 낚아채 번개처럼 계산했다. 확 모욕감이 일었다. 백화점에서 일하게 됐다는 건 알려줬지만 설마 진짜로 찾아올 줄이야.

　─이천구백오십원요. 포인트 없으시고, 적립 없으시고요, 영수증은 가다가 직접 버리세요.

　란희는 알고 있는 소시지의 정보를 앙갚음하듯 말했다. 옆자리 동료가 화장실에 가서 때마침 혼자라는 게 이렇게 다행일 수 없었다. 일 잘한다니, 어떤 의도로 말했든 간에 곱게 들리지 않았다.

　─다행이다. 괜찮아 보여서.

　아직 법적으로는 남편인 그가 다시 말을 붙였다. 흐리는 말투가 재수 없었다. 란희는 날카롭게 그를 쏘아봤다. 얼굴은 수척했고 항상 푸시시하게 떠 있던 머리카락이 약간 자라 있었다. 란희는 법적 남편을 노려보며 젤리를 계산대 반대편에 던지듯 내려놓았다. 젤리 봉지가 성곤의 손을 향해 쭉 미끄럼을 탔다.

─ 빨리 가줘.

란희가 으르렁거렸다. 그녀를 구원해줄 다음 손님이 어서 빨리 나타나기를 기대하며. 하지만 하필 계산대는 한산했고 규정상 란희는 고객을 함부로 몰아낼 수 없었다. 성곤은 움켜쥔 젤리 봉지를 요란하게 뜯더니 란희에게 내밀었다.

─ 먹을래?

미친,이라는 소리가 튀어나올 뻔했다. 란희는 입을 꿰맨 듯 양옆으로 바짝 조이고 아주 기계적으로 고개를 흔들었다. 익숙한 젤리의 향이 후각을 자극했다.

─ 당신, 정말 일 잘한다. 잘 어울려.

성곤이 젤리 봉지를 쥔 채 로봇처럼 되풀이했다. 란희의 눈빛이 매서워졌다. 마음속에 반사적으로 '위험하다!'라는 말이 울렸다. 하지 않던 짓과 하지 않던 말을 갑자기 할 때는 뭔가 위험한 거다. 부탁할 게 있거나, 죽을 때가 됐거나. 하지만 성곤은 란희를 물끄러미 바라보기만 했고 마침내 나타난 란희의 구세주, 그러니까 다음 손님에 떠

밀려 마지못해 걸음을 옮겼다.

란희의 가슴은 심하게 쿵쾅댔다. 그녀는 성곤을 알고 지냈던 인생의 구간을 싹 지우고 싶었다. 물론 아영이는 빼고 말이다. 한때는 괜찮았던 순간들도 있었지. 아름답고 아련하고 모두 과거가 돼버려서 슬퍼지는.

그렇게 생각하는 순간 평온하던 란희의 마음에 파도 같은 회한이 몰아닥쳤다. 방금 본 남자의 어딘가 파리해진 모습이 떠올랐다. 란희는 자기도 모르게 인파를 살폈으나 화려한 차림의 사람들 틈에 남편의 모습은 눈에 띄지 않았다. 다행스러우면서도 착잡한 기분이 몰려왔다. 더 깊은 생각에 잠기기 전, 고객이 카드를 내밀었다. 덕분에 란희는 해맑은 인사를 건네며 다시 오늘의 자신으로 돌아올 수 있었다.

23

란희는 김성곤의 진정한 연인이었다. 한때,라는 수식어가 붙는다는 게 미안할 뿐이었지만 김성곤 안드레아가 정말 사랑했던, 모든 걸 바칠 수 있는 여자였다.

영퀴방에서 그들은 설전을 벌였다. 스콜세지와 스필버

그 중 누가 더 위대하냐를 놓고 시작된 첨예한 대립이었다. 스필버그라니. 성곤은 어이가 없었다. 그 당시, 그러니까 2000년대 초중반까지만 해도 스필버그는 여실한 대중성의 아이콘이었지 작품성을 논하기엔 아직 애매한 구석이 있었다.「쉰들러 리스트」정도로 단숨에 예술적 거장으로 인정받기에 스필버그는 아직 너무 젊었고 결정적으로 그의 영화들은 너무 재미있었다. 즉 예술이 아니라 오락이었다. 감독이 관객에게 느끼라고 의도한 감정이 고스란히 전해지는 것도 성곤은 괘씸하고 못마땅했다. 해석의 여지도 없는 친절한 설명서 같은 건 성곤의 기준에 절대 예술이 될 수 없었다. 영화다운 건 두말할 것 없이, 설명도 필요 없는 스콜세지였다. 그럼에도 란희는 스필버그의 위대함, 정확히는 그의 예술성에 대해 거침없이 설파했고 그녀가 예로 든 영화에는 스필버그 자신도 부끄러워하는「1941」까지 포함돼 있었다. 그렇게 시작된 설왕설래는 새벽 내내 계속된 일대일 채팅까지 이어졌으며 그럼 어디 만나서 얘기나 해보자는 엉뚱한 결론으로 귀결됐던 것이다. 당시 용어로는 '번개'였지만 이 에피소드를 유독 좋아하는 아영이의 말에 따르면 그건 일종의 '현피'라고 했다.

데미소다7459라는 아이디를 가진 란희는 약속한 대로

데미소다 레몬맛을 들고 카페에 들어오기로 한 터였다. 7459는 의미 없는 휴대전화 뒷번호였으며 성곤은 그런 그녀의 작명법이 센스와는 한참 거리가 멀다고 생각했다. 김성곤은 카페 중앙, 커다란 바구니에 잔뜩 쌓인 무제한 제공 귤을 벌써 네개째 까먹고 있었다. 머릿속으로는 전투력을 불태우며 스필버그에게 승리할 스콜세지의 총알들, 그 주옥같은 작품들의 디테일을 하나하나 마음속으로 장전했다. 그러나 데미소다를 든 채 카페 계단 위로 올라선 란희를 보자마자 성곤은 할 말을 잃고 말았다. 블랙 롱부츠에 일자 뱅머리가 장착된 검고 긴 생머리. 율리아나 캣처럼 한눈에 반한 건 아니었다. 란희는 그때까지 성곤이 사귀었던 여자들과도 확연히 달랐다. 반했다기보다 이끌렸고 엮였다는 확신이 들었다. 성곤은 짐짓 태연한 척하며, 테이블에 막 자리를 잡고 앉은 자객에게 말을 던졌다.

　——일단 만났으니 데미소다7459님, 본명이나 알려주시죠.

　——유란희요.

　——그래서, 유난희씨. 스필버그가 정말 스콜세지보다……

─난희 아니고 란희!

란희가 테이블 가까이 성큼 다가오며 말했다. 그러곤 손가락을 뻗어 붉게 칠한 손톱 끝으로 그의 앞에 데미소다를 쭉 밀었다. 되바라진 태도 끝에 붙인 미소에 성곤은 넋을 잃었고 거기서부터 모든 게 시작됐다.

성곤은 란희의 모든 표정을 알고 있었다. 젊은 란희의 아름다운 얼굴에 자신이 아로새겼던 기쁨과 환희의 표정들이 희미하게 떠올랐다. 그러나 안타깝게도 그보다 더 생생한 건 그 반대쪽에 있는 표정들이었다.

오늘 본 란희의 얼굴엔 아무런 감정이 남아 있지 않았다. 커다란 체에 좋은 것들, 그러니까 즐거움, 애정, 행복 같은 걸 탁탁 거르고 다시 한번 분노와 슬픔을 툭툭 걸러낸다. 마지막으로 온갖 앙금과 미련과 애증이 말라비틀어질 때까지 모든 감정을 시간의 태양 아래에 말린다. 그러고 나서 남은 흔적 같은 게 아까 자신을 바라본 란희의 얼굴에서 본 표정이었다. 그 체의 역할을, 란희에게서 그 모든 것을 앗아간 건 다른 누구도 아닌 김성곤 안드레아 자신이었다.

24

— 하, 사장님, 제발요……

성곤의 작은 모험담, 별거 중인 처의 직장에 찾아가 일 잘한다는 말을 던졌다는 용감한 시도를 전해 들은 진석이 얼굴을 감쌌다.

— 아무리 그래도 일 잘한다가 뭐예요, 일 잘한다가……

진석이 하도 한숨을 쉬어대는 통에 얼굴이 시릴 정도였다.

— 내 딴엔 칭찬이라고 한 건데.

머쓱해진 성곤이 머리를 긁적였다.

— 의도는 좋아요, 좋은데, 영혼 없는 칭찬은 모욕이잖아요.

— 야, 영혼이 왜 없어. 진심으로 말한 건데.

— 강세와 장단, 아시죠? 부인분께선 사장님 말씀을 '일 자아알 한다'로 받아들이셨다는 데 오백원.

— 어렵다, 별게 다 어려워. 칭찬으로 한 말도 칭찬으로 받아들여지질 않으니.

— 평소에 칭찬이랑 안 친하셔서 그런 거 아닐까요? 칭찬을 잘하고 싶으시면 일단 칭찬을 입에 달고 사셔야죠.

성곤은 멍한 표정으로 진석을 바라보며 로봇처럼 따박

따박 말했다.

— 고마워, 진석아. 넌 정말 힘이 되는 말을 잘하는구나.

— 아, 예, 뭐, 그, 그렇게라도요.

진석이 형식적으로 허허 웃었다.

25

김성곤에게 새로운 목표가 생겼다. 하루에 적어도 세 번. 누군가를 무슨 이유에서라도 칭찬하기.

그러나 어색한 표정을 지우는 것만큼이나 타인을 칭찬하는 게 녹록지 않은 데엔 몇 가지 이유가 있었다. 일단 타고난 성품 때문이었다. 김성곤은 천성적으로 남을 후하게 평가하는 사람이 아니었다.

모름지기 칭찬이라는 건 받을 만해야 해주는 게 아닌가. 성곤의 기준에 합당한 칭찬의 요소를 발견하는 건 쉬운 일이 아니었다. 세상에 일어나는 온갖 비논리적인 일과 얼버무림 앞에서 김성곤의 감각은 칭찬보단 누군가를 책잡는 데 훨씬 발달해 있었다.

또, 성공적인 칭찬을 수행하기 위해선 붙임성과 순발력이 엄청나게 뛰어나야 했다. 호의로 가득 찬 마음 위에 올라서서 칭찬이라는 공을 꽉 쥐고 있다가 대화 중의 적절한 빈 공간에 재빨리 던져 넣어야 했다. 실로 엄청난 기술이었다.

가장 큰 난관은, 칭찬이란 상대의 평가를 통과해야 비로소 진정한 칭찬으로 결론 난다는 점이었다. 의도야 어쨌건 간에 상대가 칭찬으로 받아들여야 비로소 칭찬이 되는 귀찮고 까다로운 절차. 그러잖아도 지겹도록 남의 평가에 시달리는 인생에 그런 기술까지 갖춰야 하나. 타고난 아첨꾼이 아닌 이상 칭찬으로 남의 호감을 불러일으키는 건 효율이 너무 떨어졌다. 그래서, 스스로 세운 계획임에도 불구하고 김성곤은 입에서 모래를 뱉어내는 기분으로, 혹은 숙제를 처리하는 기분으로 이 계획의 실행에 임해야 했다.

그는 첫번째 칭찬을 아침에 일어나자마자 거울 속의 자기 자신에게 중얼거리는 것으로 시작해 두번째 칭찬은 거리에서 마주친 비둘기나 길고양이에게 건네는 식으로 해결했는데, 그것도 엄밀히 따지면 칭찬보단 인사나 혼잣말, 좋게 쳐줘도 덕담에 가까웠다. 그러나 세번째 칭찬을 완수하기 위해 김성곤은 다소 무리수를 뒀다. 란희에게 문자를 보내거나, 건물 경비원, 청소 아주머니에게 튀어나오는 대로 좋은 말을 한 것이다. 결과는 긍정적이지 않았다. 그의 난데없는 좋은 소리, 당신은 훌륭한 엄마라거나, 얼마나 많이 해야 분리수거를 이렇게 잘하시는 거냐라든가, 아주머니는 청소가 천직이라든가, 하는 말들은 영혼 없는 모욕 혹은 조롱으로 받아들여졌고 김성곤은 얼마 뒤 란희에게서 돌았구나,라는 문자를 받기에 이르렀다.

이런 실수를 전해 들을 때마다 진석은 이마에 손바닥을 댄 채 끝 간 데 모를 한숨을 지으며 고개를 뒤로 젖혔다.

— 칭찬에 영혼이 없으니까 그렇죠.

성곤은 진석의 거듭된 영혼 타령에 부아가 났다.

— 말에 영혼을 어떻게 넣어. 라면 국물에 수프 넣듯 할 수 있는 거라면 나도 좋겠다.

— 엇, 그 말 괜찮은데요. 영혼은 수프 같은 것.

진석이 몇차례 중얼거리더니 구석에 놓인 기타를 집어들어 방정맞은 스트로크를 치며 멜로디를 흥얼대기 시작했다. 요즘 진석의 표정은 밝아지고 있었다. 플랫폼의 세계 안에는 무한히 다양한 취향을 가진 이들이 존재했고 그들 중엔 진석과 코드가 맞는 사람들이 있었다. 진석은 팝 소개에서 그치지 않고 80년대풍 노래들을 작곡하기로 결심한 모양이었다. 곧 밴드를 결성할 계획이라며 진석은 틈날 때마다 미디 프로그램을 열고 이해할 수 없는 리프를 걸어놓고는, 그 위에 얹을 매력적인 음들을 찾아 헤맸다.

─영혼은 라면 수프. 흰 면발에 색을 입히지.

어느새 한 소절을 완성한 진석을 뒤로한 채 성곤은 생각에 잠겼다. 영혼 타령을 한 건 진석만이 아니었다. 툭하면 란희는 이렇게 말했었다.

─당신은 말에 의도만 있지, 영혼이 없어.

미치고 팔짝 뛸 노릇이었다.

─어쩌라고. 그럼 의도가 있으니 말을 하지, 영혼을 전달하려고 말해?

성곤이 받아쳤다. 사업이 연달아 실패하고 나자 성곤은 남의 감정을 살필 여유가 없었다. 그는 좌절감을 짜증으로 표현했고 그가 짓는 표정은 단 세가지, 화를 내거나, 화를 참거나, 화를 참으며 억지로 미소 짓는 표정으로 압축됐다. 나쁜 감정의 폭발은 유독 집에서 도드라졌다. 성곤은 값비싼 무언가라도 잃는 것처럼 입에 좋은 말을 담는 걸 아까워하듯 피했다. 차라리 이런 종류의 표현이 더 익숙했다.

── 질리게 못나서 미안하다, 됐냐.

그뒤로 좋은 말이 오갈 리 없다는 걸 뻔히 짐작하면서
도 성곤은 일단 뱉고 봤다. 물론 그는 알고 있었다. 그 말
조차 진심은 아니라는 것, 그리고 그런 영혼 없는 말이 자
신과 타인의 영혼에 해를 입히리라는 것을. 전부 알면서
도 성곤은 입에서 거침없이 뿜어져나오는 말을 참아내지
못했다. 좋은 건 쉬워도 하기 싫고 나쁜 건 결과가 뻔히
보여도 일단 저지르게 되는 게 삶의 불가사의였다.

란희는 더이상 견디지 못하겠다고, 성곤의 존재 자체가
자신에게 너무나 큰 고통이라고 말했다. 그렇게 그들은
별거 상태에 돌입했다.

성곤은 마음이 아팠다. 화가 난 것처럼 보였지만 사실
은 아팠다. 그리고 꼭 지켜야 하는 것이 무너져 붕괴하는
순간에도 그는 마음이 아프다고 말할 용기가 없어 그냥
사납게 집을 박차고 나오는 걸 택한 것이다. 어리숙하고
미련하게.

26

비가 쏟아지고 있었다. 바람의 방향을 그대로 느낄 수

있는 거센 사선이었다. 아침부터 성곤의 심기는 불편했다. 빗길에 미끄러질 뻔했고 휴대전화를 보면서 길을 건너는 행인을 칠 뻔했다. 만약 사고가 났다면 자신의 실수와 잘못으로 처리될 결과를 떠올리자 지레 화가 솟구쳤다. 오늘따라 고물 같은 자전거에 올라타 있는 신세도 미련하게만 느껴졌다.

그러던 중 학원 앞 삼거리를 지나며 성곤은 또다시 그 버스기사를 보게 됐다. 폭풍우가 몰아치는 오후, 남자는 우산도 없이 건물과 버스를 분주히 오가며 무언가를 하고 있었다. 얼굴에 쏟아지는 비 때문에 잔뜩 찌푸린 표정이었다. 그래, 오늘 같은 날은 당신도 어쩔 수 없겠지. 성곤은 작은 승리감을 느끼며 비를 뚫고 페달을 밟았다.

그러나 불과 15분 후, 다시 돌아오는 길에 성곤이 본 풍경은 완전히 달라져 있었다.

남자는 바닥에 모포를 깔고 위에 작은 비닐 통로를 만들어, 아이들이 차까지 이동할 때 비를 맞지 않을 길을 막 완성한 직후였다. 아이들은 버스 안까지 이어진 통로를 통해 평소와 다름없이 총총 걸었고 남자는 유연하고 친절한 미소로 아이들을 차로 인솔하며 한명 한명에게 미소를 지었다. 그러곤 잠깐 멈춰 비닐 통로의 기둥에 맺힌 빗방울을, 마치 소년과도 같은 순수한 눈으로 바라봤다.

그 장면을 본 김성곤은 대단하다고 생각하는 동시에 부아가 치밀었다. 저런 건 할 수 있는 사람만 하는 거잖아. 기질이 원래 저렇게 태어난 거라고.

그 생각을 품고 하루 종일, 어깨를 직각으로 세운 것만은 간신히 포기하지 않은 채 성곤은 바쁘게 일했다. 그날따라 빗길이니 조심히 오시라는 고객들의 멘트도 성가시게만 느껴졌다. 어차피 몸을 혹사할 바엔 콜이라도 많이 받아 몇푼이라도 더 버는 게 라이더들도 원하는 거라는 사실을 정녕 모르나. 이런 멘트를 보내거나, 배달을 취소하면 뭐 대단히 좋은 사람이라도 됐다고 착각하는 거야? 성곤은 속으로 툴툴댔다.

비는 어스름한 저녁 무렵에서야 그쳤다. 허벅지까지 젖은 바지와 머리끝까지 차오른 척척한 피로에 페달을 밟을 힘도 없어서 성곤은 자전거를 끌고 터덜터덜 걷기 시작했다. 그러나 왠지 모를 호기심에 이끌려 그는 가까운 경로를 포기하고 일부러 학원 쪽으로 돌아갔다. 언제나처럼 노란 버스들이 하원할 아이들을 기다리고 서 있었다. 성곤의 눈은 남자를 찾았고 곧 그는 남자가 의외의 행동을 하는 걸 목격할 수 있었다.

근처에서 담배를 피우거나 담소를 나누는 다른 기사들 뒤로 그 남자가 보였다. 그는 건물과 건물 사이의 공간에 허리를 숙이고 다리를 짚은 채 뭔가를 가만히 들여다보는 중이었다. 발아래로는 꽃잎이 소복하게 쌓여 있었다. 아침엔 빗방울이더니 지금은 꽃잎? 저건 또 무슨 수작이야, 여고생도 아니고. 성곤은 그렇게 생각하며 남자를 홱 스쳐 지나갔다가 자전거를 눈에 띄는 아무 벽에다 기대놓곤 쿵쿵 걸어 되돌아갔다. 그리고 거의 역정이 실린 목소리로 따졌다.

─지금 뭐 하시는 겁니까?

성곤의 말에 남자가 천천히 몸을 일으켰다. 명찰에 새겨진 '박실영 기사'라는 글자가 성곤의 눈에 들어왔다.

─예?

그가 물었다. 그 한 음절에서마저 깊고 진한 힘이 느껴졌다. 박실영은 선량하고 예의 바르지만 주도권을 쥔 것 같은 표정으로 성곤의 대답을 기다렸다. 성곤은 변명하듯 덧붙였다.

─아, 그, 전 그냥 이 근처 지나다니는 사람인데, 어르신 하시는 거 볼 때마다 이해가 안 가서요.

박실영은 이해가 안 가는 건 자기 쪽이라는 듯 가만히

팔짱을 꼈다. 김성곤은 더듬더듬 말을 시작했다. 입에서 나오는 건지 코로 나오는 건지 알 수 없을 정도로 두서없는 말들이 쏟아졌다. 이따금씩 오가는 길에 우연히 그를 지켜보게 됐으며 언제나 변함없이 초연한 태도에 늘 감명을 받았노라고, 진심보다 3도쯤 높은 온도로 말했다. 마침내 그의 이야기가 끝나자 박실영이 방그레 웃음을 지었다.

　─사장님도 일하느라 바쁠 텐데 나 같은 사람까지 신경 써서 봐주시고, 참 고맙습니다.

　─신경 써서 본 게 아니라 어르신의 행동이나 표정이 자꾸 보여서요. 그러다보니 궁금해졌습니다.

　─어떤 점이 궁금했는데요?

　─아니, 화도 안 나세요? 짜증이나 화나 뭐 그런 거요. 천진한 아이처럼 늘 웃고만 계시니 말씀입니다.

　박실영이 허허 웃었다.

　─제가 어떤 말씀을 해드리면 될까요?

　미소를 짓고 있었지만 그의 말투는 날카로웠다. 헛소리 할 거면 얼른 가달라는 경고가 느껴지는, 안에 곧은 심지가 숨어 있어서 잘못하다가는 크게 다칠 것 같은, 정곡을 찌르는 기술이었다.

―그러니까, 어떻게 그렇게 항상 해맑으시냐구요.

긴장한 성곤이 한층 더 깍듯하게 물었다. 박실영이 성곤의 얼굴을 찬찬히 살폈다.

―사장님은 화날 일이 많으신가보죠?

박실영의 말에 성곤은 기가 막혔다. 그의 눈에 비친 자신이 얼마나 한심해 보일지 생각하자 쥐구멍에라도 숨고 싶은 심정이었다.

―살다보면 그럴 일이 가끔 생기긴 하죠……

성곤은 말끝이 기어들어가는 단답으로 간신히 대답했고 박실영에게서 고수의 미소를 봤다. 부끄러웠다.

―뭘 궁금해하는 건지 정확히는 모르겠지만, 제가 생활 속에서 꼭 지키려고 하는 습관이 있기는 합니다.

―그게 뭔가요?

성곤이 마른침을 꿀꺽 삼키며 물었다.

―그냥 잘 느끼면 됩니다.

박실영이 가볍게 대답했다

―잘 느껴요?

―그리고 하나 더 있죠.

―그건 뭔데요?

―뭐든지 한번에 한가지씩만 하는 겁니다. 밥 먹을 땐

먹기만, 걸을 땐 걷기만, 일할 땐 일만. 그렇게 매 순간에 충실하게 되면 쓸데없는 감정 소모도 줄일 수 있게 됩니다.

그 말은 성곤의 생각과 다르지 않았다. 등을 쭉 펴고 어깨를 여는, 목적 없는 단순함이 자신의 삶을 지탱하는 비결이었다는 걸 김성곤은 이미 경험으로 알고 있지 않은가. 하지만 그것만으론 의문이 풀리지 않았다. 박실영이 말을 이었다.

──마지막으로 하나. 생각의 스위치는 끄고 세상을 그대로 바라보세요. 우린 항상 무언가를 판단하느라 에너지도 감정도 너무 많이 쓰고 있잖습니까. 그러다보면 자꾸만 소모적인 생각이 날아들고 세상을 그대로 바라보거나 이해하지 못하게 돼요. 생각이란 건 자신만의 선글라스 같은 거니까요. 그러니까 생각의 스위치부터 꺼야 하죠. 그다음은 쉽습니다. 낙엽은 낙엽으로 보고 전봇대는 전봇대로 보는 겁니다. 빨간 건 빨갛게 노란 건 노랗게 받아들이면 되죠. 그런데 주의할 점이 있어요. 저기 가로등 보이시죠. 무슨 색 같습니까.

김성곤은 박실영이 가리키는 길 건너편의 가로등을 바라봤다.

──주황색이죠.

성곤이 다른 답이 있을 수 있냐는 듯 황당한 어조로 답했다.

— 가만히 보세요. 정말 주황색인지.

성곤은 남자가 시키는 대로 했다. 낡은 주황빛 가로등 그 이상도 이하도 아닌 것을 분석해야 하나, 생각하면서. 박실영이 가로등을 바라보며 낮은 목소리로 말했다.

— 자세히 보면 위쪽 구석은 불처럼 새빨갛고 중간의 오렌지빛에 이르기까지 색의 스펙트럼이 펼쳐져 있죠. 간간이 검은 점들도 찍혀 있어요. 그리고 저기, 한구석에 파랗게 반짝이는 빛도 아주 작게 보이네요.

성곤은 박실영의 말에 동의했다.

— 아시겠습니까. 물론 말로는 붉은 가로등이라고 하겠지만 볼 때는 그렇게 보면 안 돼요. 붉은 가로등,이라고 말하는 순간 잘못 보는 게 됩니다. 분명히 눈은 여러가지 색을 보고 있는데 입이 나서서 한가지 색만 보고 있다고 단정 짓는 게 되니까요. 정말 보이는 그대로, 눈에 보이는 그대로 느껴야 해요. 그러면 신기한 일이 벌어지기 시작하죠. 온 세상이 신기한 것투성이이고 예쁜 것투성이라는 걸 알게 되는 거예요.

박실영이 웃었다. 성곤은 인정했으나 이해가 가지 않아

물었다.

　—그래요, 가로등에 다양한 색이 있다 쳐요. 혼자 있을 때라면 모를까 그게 다른 일과 병행이 됩니까. 저 같은 경우는 그러다 신호를 놓칠걸요. 사고가 날 수도 있구요. 어르신은 그런 걱정도 안 되세요? 그러다 아이들을 놓치거나 사고라도 나면요?

　—음.

　박실영은 고개를 좌우로 까딱거리며 현자 같은 미소를 지었다.

　—밥 먹으면서 텔레비전 보는 건 어떻게 가능하죠? 얘기하면서 신호등 건너는 건요? 물론 요령과 주의가 필요하긴 해도 익숙해지면 다 됩니다. 그런데 이해가 될지 모르겠지만 그래도 가장 중요한 건 처음 말씀드린 방법이에요. 온전히 느끼면 됩니다.

　어느새 학원에서 아이들이 쏟아져나오고 있었다. 박실영은 예의 바른 작은 고갯짓으로 인사를 대신하곤 아이들을 향해 다가갔다. 곧 비에 젖은 꽃길 사이로 노란 버스가 부드럽게 출발했다. 왜인지 성곤은 그 길에 한참 동안 가만히 서 있을 수밖에 없었다.

27

성곤의 어머니 최용순 글라라는 꽃을 좋아했다. 꽃이 피면 기뻐하고 꽃이 지면 아쉬워했다. 겨울엔 봄꽃을 기대하고 봄이 오면 생의 첫봄을 맞이하는 것처럼 경탄했다.

— 바람이 부드럽다, 꽃잎이 참 여려, 별빛 반짝이는 것 좀 봐.

어머니는 그런 말을 자주 했다.

성곤은 그런 엄마의 감탄이 식상하고 피곤하게 느껴졌다. 고단하고 단조로운 삶에서 도피하느라 거리에서 찍은 꽃 사진을 보내는 거라고 생각하기도 했다. 바쁘고 여유 없을 때면 그런 생각을 구태여 숨기지 않았다.

— 엄마, 그런 말 들어도 나는 아무것도 못 느끼니까 그만 좀 하세요. 엄마가 그럴 때마다 해드릴 말도 없고, 정신 사나워 죽겠어요. 그래서 어쩌라고. 꽃이 폈어. 그래서 어쩌라고, 응? 따달라는 거야? 아니잖아. 엄마 말이 맞는다고 해야 되는 거야? 매번 꽃 폈다고 중얼거릴 때마다 내가 대체 뭐라고 말해주길 바라는 건데요?

라고 실제로 말한 적도 있었다. 그럴 때면 엄마는 이렇게 말했다.

— 알았어. 미안해.

그러곤 닦던 난초 너머의 아파트 숲을 가만히 바라보기만 했다. 작게 노래를 흥얼거리며. 그 노랫소리에 아들이 어휴 진짜,라고 성내며 박차고 나간 자리에 홀로 남겨진 채.

췌장암으로 앓아누운 어머니의 얼굴은 파리했다. 몇년 전 이미 세상을 등진 아버지의 손짓에 화답하듯, 엄마는 떠날 채비를 하고 있었다.

─성곤아.

병문안을 온 김성곤에게 엄마가 말을 걸었다. 잠든 줄 알았던 엄마가 자신을 지켜보는 줄도 모르고 거래처와 언성 높이는 통화를 막 끝낸 성곤에게.

─응, 엄마.

김성곤이 황급히 몸을 돌렸다.

─엄마 발톱 좀 깎아줘.

─발톱?

─발톱이 너무 길어. 싫다.

김성곤은 병든 어머니의 몸을 덮은 얇은 이불을 들췄다.

─아무리 귀찮아도 손톱 발톱은 항상 바짝 깎았어. 칠십 넘어가면서부터 그것만은 철칙처럼 지켰지. 언제 실려

갈지 모르는데 손톱 발톱 긴 채로 죽으면 흉하잖아. 근데 깜박 잊고 며칠 보내는 사이 죽음이란 놈이 덜컥 찾아와 약을 올린다.

— 쓸데없는 소리 한다.

성곤이 벌써부터 붉어진 눈시울로 대답했다.

— 너한테 웬만하면 이런 부탁 하기 싫은데 처음이니까 해줄 수 있지? 다시 자라나기 전에 가면 참 좋겠는데.

— 엄마. 자꾸 그런 소리 하지 마. 차라리 시킬 거 있으면 더 시키세요.

— 몸뚱이는 죽어가는데 궁상스럽게 손톱 발톱이 왜 자랄까. 이런 데다 쓸 힘, 딴 데 나눠주고 싶어. 아기들이나 새싹을 키워내는 힘으로. 내가 원한 것도 아닌데 욕심내는 것처럼 보여서 싫어.

성곤은 엄마의 머리를 쓸어넘겼다.

— 얼른 해. 누구 오기 전에.

갑자기 힘겨워진 숨에 엄마의 말소리가 달싹였다. 성곤은 떨리는 손으로 손톱깎이를 들었다. 잿빛의 마른 발, 겨울나무의 앙상한 가지 같은 손. 따뜻하고 풍성했던 엄마가 언제 이렇게 바싹 마른 고목이 됐나. 그런 엄마의 진을 다 빼먹은 자신은 보기 싫을 만큼 퉁퉁해졌는데.

성곤은 울먹이며 엄마의 발톱을 깎았다. 딸깍딸깍. 병동에 생동감 있는 소리가 울렸다. 엄마의 발이 깨끗해졌다. 엄마가 눈을 빛내며 말했다.

─이제 좀 자신 있게 갈 수 있겠다.

최용순 글라라의 얼굴에 성곤이 기억하는 마지막 함박웃음이 새겨졌다.

어머니의 죽음은 김성곤에게 슬픔을 남겼지만 참회와 회한의 눈물은 잠시뿐이었다. 그뒤로도 성곤은 빠르게 생활로 돌아갔고 바쁜 나날 속에 부모의 존재는 금세 희미해졌다.

비가 그친 저녁, 오랜만에 어머니가 김성곤의 기억 속으로 찾아왔다. 소소하게 느끼는 게 많기로 따지자면 란희도 마찬가지였고 그래서인지 란희와 어머니는 서로 마음이 잘 맞았다. 그녀들의 말투는 공통적으로 '네'라는 감탄형 어미로 끝났다. 구름이 양탄자 같네. 꽃이 빨갛네. 딱딱한 빵이 참 고소하기도 하네. 두 사람은 어떤 현상을 감각으로 받아들이고, 감각 그 자체로 서술했다.

반면 그에 대한 성곤의 반응은 시종일관 매정했다. 기분이 좋을 때는 그렇군, 정도로 대수롭잖다는 듯 대응했지만 조금이라도 심기가 불편할 땐 그래서? 어쩌라고, 그게 뭐,와 같은 공격으로 그녀들의 감상을 무가치하고 무의미하며 무쓸모한 것으로 바꿔놨다.

성곤의 발화는 주로 '대'와 '래'로 끝났다. 이게 돈이 된대. 그 투자처가 정말 믿을 만하대. 손만 대면 완전 대박 보장이래. 꽃 한송이에 대한 이야기를 꺼낼 때조차 그의 머리는 그 꽃의 노랗거나 빨간 부분에서 추출한 어떤 성분에 투자가치가 있다는 식의 말에만 반짝 반응했다. 사업가적 마인드에서는 필요한 관점이기도 했다. 하지만 모든 것을 효용과 쓸모의 측면에서만 바라보는 태도는 그에게서 점차 중요한 어떤 것들을 퇴화시켰다.

김성곤 안드레아는 차츰 감탄하는 법, 놀라는 법, 사물과 세상을 목적 없이 지그시 바라보는 법을 잊어갔다. 그런 걸 잊은 사람에게서 진정한 미소나 여유 같은 게 우러나올 리가 없었다.

성곤은 주름진, 엄격한, 평생 많은 말을 나눠본 적 없는 아버지를 떠올렸다. 규칙을 위해 규칙 안에서 살아온 아버지. 그런 아버지는 돌아가시기 전 뭔가를 하나씩 끊었다. 가장 먼저 호루라기를 끊고 그뒤 담배를 끊고, 술을 끊고, 말을 끊고, 마지막으로 생각을 끊었다. 아버지는 의자에 멍하니 앉아 세상을 찬찬히 구경했다. 그동안 법칙과 규율에 얽매여 느끼지 못했던 세상을 눈에 담기라도 하듯 하염없이 풍경을 바라보기만 했다.

평생 사람에게 시달려서였는지 아버지는 사람들의 시선을 피했다. 그저 하늘, 땅, 구름과 풀을 응시할 뿐이었다. 삶을 떠날 때가 되어서야 자신이 놓쳤던 것들을 조금이라도 담고 가겠다는 듯이.

김성곤은 궁금했다. 자신도 그때가 되어서야 세상을 응시하게 될까. 흐릿해진 눈과 꺼져가는 마음으로.

28

성곤이 아는 사람 중 가장 감각에 충실한 건 아영이였다. 어린 아영이, 아기였던 아영이 말이다. 아영이는 작은 일에 울고 더 자그마한 일에 웃었다.

아영이가 아직 걸음마도 떼기 전의 어느 일요일 낮이었다. 고생 끝에 간신히 아영이를 재운 란희가 외출하고 난 뒤, 성곤은 낮잠을 자던 아영이가 소리도 없이 깬 걸 우연히 발견했다. 혼자 잠에서 깬 아영이는 무언가에 심취해 까르르 웃고 있었다. 성곤은 열린 방문을 조금 더 밀었다. 아영이가 엎드린 채 방바닥에 뺨을 댔다가 떼기를 반복하고 있었다. 그때마다 뺨과 바닥이 빚어내는 마찰음이 짝, 짝 소리를 냈다. 아영이는 바닥에 탁 달라붙었다가 짝 하고 떨어지는 감각이 신기하고 재밌어서 그 느낌을 반복적으로 탐구하고 있는 것이었다.

아영이는 뭐든 할 줄 아는 아이였다. 방바닥과 뺨의 단순한 협주에 세상에서 가장 예쁜 웃음소리를 낼 줄 알았고, 창을 통해 들어온 햇빛이 마루 위에 만들어낸 무지개를 손바닥 위에 올려놓을 줄도 알았다. 수도꼭지에서 흘러나오는 물줄기를 잡으며 튕겨져나온 작디작은 물방울들을 보석이라도 발견한 것처럼 놀란 눈으로 바라보고, 오렌지를 코에 대주면 그 오묘하고 달콤한 향에 코를 찡그리며 웃었다. 아영이의 웃음소리는 성곤의 마음을 대번에 활짝 꽃피게 했다. 그 웃음소리를 위해 성곤은 목숨을 바칠 수도 있었다.

감각 자체가 인간에게 즐거움을 줄 수 있다는 걸, 인간은 가장 순수한 형태의 기쁨을 느낄 수 있도록 설계되었다는 걸 김성곤은 아영이를 통해 이미 알고 있었다. 그러나 그는 그런 소중한 깨달음을 잊었고 대부분의 것들을 지루하고 피로한 일상으로만 받아들였던 것이다.

어느새 성곤의 감각은 그저 생명 유지를 위한 퇴화기관에 지나지 않게 됐다. 몸이 감지하는 것들은 투박한 이유로밖에 쓰이지 않았다. 빨간불 앞에서 멍해졌을 때 빵 소리가 나면 출발하고, 위스키 잔이 미지근해지면 얼음을 떨어뜨려 넣고, 맘에 들지 않는 화면이 나오면 채널을 돌리는 용도 따위로만 말이다.

삶이 다채로운 맛과 향으로 구성된 서랍장이라면 성곤은 계속해서 한가지 서랍만 열고 있었다. 분노, 짜증, 울분, 격분, 우울, 좌절이 가득 담긴 서랍. 어느새 그는 다른 서랍을 여는 방법을 망각했다. 참다운 기쁨. 단어 안에 담아놓기 힘들 정도로 충만한 감정이 담긴 서랍은 꾹 닫혀 있었고 이제는 어디 있는지도 알 수 없었다.

김성곤 안드레아는 문득 발걸음을 멈췄다. 흐드러진 봄꽃이 길을 따라 피어 있었다. 언제 꽃이 폈는지도 몰랐는데 계절은 이미 봄의 절정을 지나고 있었다.

그렇다. 나는 바라보지 않았다. 그래서 나는 느끼지 못한다.

성곤은 시인처럼 중얼거렸다.

봐도 보지 않고 맛봐도 맛보지 않으며 들어도 듣지 않

는다.

막상 말로, 소리로 된 음성으로 그렇게 사실을 고백하자 뜨거운 슬픔이 밀려들었다. 김성곤은 자조 섞인 웃음으로 그 감정을 온몸으로 받아들였다. 몸이 가진 그토록 많은 감각기관을 그는 쓸모없다고 여겼다. 그래서 세상의 많은 것들은 그에게 입력되지 않았다. 만개한 꽃의 아름다움, 맛있는 음식, 누군가의 절망이나 슬픔을 느껴본 게 언제인지 기억조차 나지 않았다. 세상 모든 게 시시했다. 다 알고 있었고 지겨울 만큼 충분히 겪었고 새로울 건 없었으며 삶은 남들이 만들어놓은 무대였고 그는 그 위의 먼지일 뿐이었으니까.

퇴화된 감각들은 토라진 아이처럼 안으로만 촉수를 뻗었다. 자연히 성곤은 자신의 슬픔과 절망에만 과도하게 집중했고 자신의 감정을 받아들이지 못하는 다른 사람들을, 특히 가족을 탓했다.

애통하고 애달팠다. 한심하고 안타까웠다. 바보 같은 자기 자신과, 그 바보가 아프게 만든 사람들의 마음을 생각하자 가슴 한편이 시리도록 아렸다.

그러나 한가지만은 확신할 수 있었다. 마음속 어딘가

숨겨뒀던 서랍을 찾아 열어야만 잃어버린 영혼도 되찾을 수 있다는 것, 그래야만 그의 표정과 말투, 남에게 건네는 칭찬에 진심이 실릴 거라는 것을. 그러므로 김성곤은 자신이 어딘가에 하찮게 유기한 감각들을 다시 불러내 사용법을 익혀야 했다. 걸음마를 처음 떼는 아기처럼, 순수하고 새롭게.

29

감각을 되찾기 위해 김성곤 안드레아가 택한 건 독특하고 원시적인 실험이었다. 그는 갑자기 떠오른 과거의 장면에서 힌트를 얻었다.

아영이를 낳고 난 뒤 란희는 2주간 산후조리원에서 지냈다. 조리원에서는 젖이 도는 산모에게 무염식에 가까운 저염 식단을 제공했다. 란희에게 주어지는 모든 음식은 건강하고 무해한 젖을 만들어내기 위해 맵고 짜고 자극적인 요소가 전부 제거된 요리였다. 성곤이 보기에도, 저게 과연 맛이 느껴질까 싶을 만큼 란희가 먹는 것들은 정갈하고 순수했다.

문제는 조리원에서 집으로 돌아온 뒤 나타났다. 그전까

지 란희는 매운 거라면 세상 누구보다 잘 먹었다. 그런데 조리원에서 퇴소하고 난 뒤 고작 2주 만에 그녀는 김치는 물론이요, 라면 한 젓가락에도 땀을 뻘뻘 흘리며 혀에 대고 부채질을 하는 사람이 되어버린 것이었다.

— 음식에 간이 이렇게 셌구나. 나 입맛이 너무 순수해졌나봐…… 도저히 못 먹겠어.

대부분의 음식 앞에서 란희는 울상을 지으며 그렇게 말했다. 란희가 다시 김치를 입에 대고 찌개와 라면을 먹게 되기까지는 꽤 오랜 시간이 걸렸다. 원래대로 입맛이 돌아왔을 때 란희는 아쉽다는 듯 말했다.

— 그때도 괜찮았는데. 재료들이 가진 본연의 맛을 느끼는 게 꽤 신선했거든.

성곤이 이제부터 하게 될 실험도 이와 비슷했다. 때마침 전날 먹은 불닭볶음면이 소화되지 않아 반나절쯤 속앓이를 하고 저녁을 굶으면서 이 계획은 자연스럽게 실행에 옮겨졌다.

속이 부대껴서인지 다음 날 아침까지도 허기는 느껴지지 않았다. 불현듯 떠오른 생각에 김성곤은 벌떡 일어나 앉아 몇가지 계획을 적어 내려가기 시작했다. 그는 모든 것을 무화시키고 0의 상태로 돌아갈 계획이었다. 방법은 간단했다. 앞으로 48시간 동안 모든 자극적인 스위치들, 익숙하게 여겼던 모든 것들을 차단하는 것이었다.

김성곤은 독하게 마음을 먹었다. 이 실험을 위해 그는 배달도 이틀간 쉬기로 한 뒤, 진석에게도 며칠간 방문하지 말 것을 당부하고 나서 과감히 휴대전화 전원을 껐다. 성곤이 노트에 비장한 필체로 적은 메모는 다음과 같았다.

웃지도 말고 울지도 말고
먹지도 말고 움직이지도 말고
돌처럼 지낼 것.
살아 있지 않은 것처럼!

30

김성곤 안드레아는 오피스텔의 모든 전원을 끄고 블라인드를 내렸다. 화장실을 가거나 미리 준비해둔 물을 마실 때를 제외하곤 되도록 움직임을 최소화하며, 내면의 소리와 외부의 감각에만 집중할 생각이었다.

성곤은 비장한 표정으로 매트리스 위에 누웠다. 그러나

10분도 채 지나기 전 배고픔이 느껴졌다. 갑작스럽고 요란한 배고픔이었다. 바깥을 지나다니는 오토바이의 부르릉대는 소리 사이사이로 꾸룩꾸룩 끼룩끼룩 장기들이 빚어내는 우스꽝스러운 불협화음이 성가셨다.

벽과 완전히 밀착되지 않은 블라인드 틈새를 뚫고 들어온 빛 때문에 어둠 속에서도 실눈을 뜨면 수많은 것들이 보였다. 어두운 벽지의 반짝이는 무늬, 조용히 춤추는 먼지들, 그리고 시간에 따라 각도를 바꾸는 햇살.

곧이어 허기보다 견디기 힘든 갈증이 느껴졌다. 김성곤은 미리 설정해둔 수분 섭취 알람이 울릴 때까지 참았다가 허겁지겁 물을 들이켰다.

복병은 계속해서 튀어나왔다. 몸은 소화시킬 음식물의 공급이 끊기자 물을 배출했고 그래서 예상보다 자주 화장실에 가야 했다. 차라리 그게 나았다. 아무것도 할 수 없는 속박의 시간 동안 그는 어느새 화장실에라도 가는 시간만을 기다리고 있었다. 그렇게 몇시간을 자잘한 일들로 채운 뒤에야 몸은 천천히 이 상황을 받아들이기 시작했다.

그러자 상념이 찾아들었다. 살아온 생이 눈앞을 영상처럼 지나갔다. 익히 봐온 영화를 또 보듯 김성곤은 머릿속에 떠오르는 이미지들을 가만히 구경했다. 과거의 자신이 머릿속에서 절망하고 오열하고 소리쳐도 별 감정이 들지 않았다. 그런 와중에도 피부는 예민하게 온도의 변화, 난데없는 간지러움이나 따가움을 느꼈고 그밖에도 생각 사이로 귀찮은 감각들이 파고들었다.

김성곤은 외부의 모든 자극을 인위적으로 무시하려 노력했으나 불가능했다. 안대를 쓰고 귀를 막은 채 세상이 아무것도 없는 까만 점이라고 생각하기 위해 애썼지만 귀는 아주 작은 소리도 감지했고, 안대를 뚫고 들어오는 미세한 빛은 어둠 속에서 우주의 탄생을 연상시키는 이미지를 자꾸만 만들어냈다.

아무것도 느끼지 말라고 이런 감각을 가지고 태어난 게 아니었다. 세상에 던져진 이상 몸은 세계와 어떻게든 연결되고 싶다는 듯 끊임없이 외부의 무언가를 감지하려 했다.

김성곤의 몸은 세상에 내놓아진 지 50년 가까이 돼가는 세월 동안 천천히 닳아 뻣뻣하게 삐걱거리고 있었으며 그의 감각들은 오랜 시간 일해 성능이 예전 같지 않았다. 그러나 이순신이 지닌 열두척의 배처럼 김성곤에게는 여전히 다섯개의 녹슨 감각기관이 존재했다. 그 기관들이, 우리는 할 수 있는 게 많다고, 여전히 쓸 만하다고 각자 아우성치고 있었다.

먹고 싶은 것들이 쉴 새 없이 떠올랐다. 걷고 싶고, 뛰고 싶었다. 느끼라고, 느껴서 무언가를 하라고 주어진 몸뚱이였다. 돌처럼 가만있지 말고 세상을 향해 얼른 뛰쳐나오라고 온몸의 세포들이 부르짖었다.

그렇게 김성곤은 48시간을 꼬박 버텼다. 잠과 꿈의 중간 상태를 오가며, 스스로가 만든 감옥에 자발적으로 갇힌 채. 그리고 드디어 해방을 알리는 알람이 울리는 순간, 김성곤은 귀마개를 빼고 안대를 벗어던졌다. 눈이 부셨고 여기저기서 팡팡 터지는 소음이 불꽃놀이처럼 고막을 때렸다. 견디기 힘든 폭력처럼 한꺼번에 느껴지는 감각의 소용돌이가 충격적이었다. 김성곤은 용수철처럼 위로 튕겨 오르듯 벌떡 일어났다. 불과 이틀 동안 믿을 수 없을 만큼 뻣뻣해진 허리와 굳은 다리로 인해 엉거주춤했지만 말이다.

커튼을 젖히자 날카로운 광선이 단도로 찌르는 것처럼 눈을 후볐다. 뒤로 물러나 쓰러지는 몸뚱이에서 악 소리가 저절로 터져나왔다. 그럼에도 빛이 반가웠다. 김성곤은 흡사 좀비같이 낮고 거친 그르렁 소리를 내며 주섬주섬 일어섰다. 두 발 위로 육중한 무게가 느껴졌다. 이렇게 무거운 몸을 지탱해준 다리와 발이 고맙고 대견했다. 그는 테이블 위에 이틀이나 놓여 있던, 그래서 간간이 그의 코를 자극했던 사과를 급하게 집어 들었다. 색이 바래고 이미 푸석해져, 쥐자마자 손톱 자국이 푹 패는 사과를 한입 베어 물자 달콤하고 따뜻한 즙이 입안을 적셨다. 이틀 만에 식도를 타고 내려온 음식물을 반기는 장기들이 꼬륵 꾸륵 끼르륵 꺄르륵 함성을 질러댔다.

김성곤은 숨을 몰아쉬며 거리로 나섰다. 지나다니는 사람들의 움직임, 표정이 생생하게 시야를 메웠다. 뒤집어 들어올린 손바닥 위로 태양의 열기가 느껴졌고 수많은 사람과 사물, 자연과 인공물의 냄새가 뒤섞인 바람이 뺨을 때리고 지나갔다. 세상은 다양하고 끊임없는 것들로 채워져 있었다. 혼돈으로 가득 찬 어지러움의 다른 말은 살아 있음과 움직임이었다. 김성곤은 군중에 섞여 이 설명할 수 없는 감각의 폭풍을 온몸으로 맞이했다.

이런 총천연색의 감각을 느끼려고 사람들이 술을 마시고 마약을 하는 걸까. 눈으로 본 걸 피부로, 귀로 들은 걸 발끝으로, 심장의 울림을 지구의 흔들림으로 느끼고 싶어서 말이다.

김성곤은 스스로의 힘으로 느끼고 싶었다. 어린 아영이 처럼, 여전히 아이의 시선을 가진 박실영 기사처럼.

31

감각에 익숙해지는 데 걸린 시간은 그리 길지 않았다. 반나절도 지나지 않아 김성곤의 모든 감각기관은 이틀 전의 상태로 되돌아왔다. 자동차는 굴러가고 사람들은 고개를 숙인 채 휴대전화를 보고 걷는 익숙한 풍경이 전처럼 익숙하게 받아들여졌다.

하지만 그의 마음에는 의문이 남았다. 대부분의 것들은 감각을 잠깐 스치고 금세 잊혔지만 어떤 것들은 감각의 기능이 끝난 뒤에도 메아리를 울렸다. 본 것의 잔상, 들은 것의 잔음, 냄새의 잔향 같은 건 언제, 어째서 생겨나는 것일까. 그것들은 무엇을 의미할까. 김성곤은 오토바이로 거리를 내달리며 고민했다. 끝내 남는 건 뭘까.

며칠 후 어느 비 내리는 저녁 김성곤은 배달을 나갔다. 닫힌 오피스텔 앞에 김밥과 라볶이를, 닫힌 사무실 앞에 커피와 빵을, 또다시 닫힌 아파트 앞에 피자를 놓았다. 다른 날들처럼 그가 종일 본 건 닫힌 문들뿐이었다.

마지막으로 어느 아파트 문 앞에 치킨을 놓고 지친 몸으로 엘리베이터로 돌아갈 때 철컥 문이 열리며 열살쯤 된 아이가 고개를 빼꼼 내밀고 봉지를 집었다. 성곤과 눈이 마주친 아이가 고개를 꾸벅 숙이더니 문을 쾅 닫았다. 문 뒤에서 콩콩콩 뛰어가는 소리와 함께 와, 치킨이다, 하는 가족의 환호가 이어졌다. 이제 남은 건 복도를 가득 채운 치킨 냄새와 비에 젖은 채 자기도 모르게 미소 짓고 있는 김성곤, 그리고 복도 창문 틈으로 보이는 비 내리는 저녁 풍경이었다. 이따금씩 그런 경험을 해도 성곤은 특별히 보람을 느끼지는 못했다. 하지만 그 장면은 왠지 머릿속에 남을 것 같았다.

그날 밤 성곤은 꿈을 꾸었다. 바닷물을 비추는 햇살이 영롱하게 반짝였다. 성곤의 가족은 해변에 있었다. 아영이가 예쁜 모래성을 쌓다가 고사리 같은 손으로 모래를 움켜쥐고는 손바닥을 펼쳤다. 금가루 같은 모래를 쥔 아영이가 까르르 웃었다.

모래는 갑자기 흙먼지로 바뀌어 성곤의 눈을 찔렀다. 흙먼지가 날리는 곳에 성곤이 있었다. 승마체험장이었다. 여섯살의 아영이가 말을 타고 마른 흙바닥을 지나갔다.

한바퀴를 돌 때마다 말발굽에 피어오른 흙먼지가 성곤과 란희의 눈을 찔렀다. 하지만 매운 눈을 비비면서도 자긍심 가득한 표정으로 손을 흔드는 아영이를 보자 기뻤다. 그래, 이렇게 예쁜 기억이 있었지. 성곤이 조용히 회상했다.

갑자기 하늘이 어두워지더니 그 위로 수많은 별이 앞으로 전진하듯 나타났다. 성곤은 란희와 별빛 아래 벌거벗은 채 누워 있었다. 신혼여행으로 갔던 캐나다, 여름밤의 오로라 아래에서였다.

— 세상이 왜 지금 끝나지 않는 거지.

젊은 성곤이 물었다.

— 이것보다 더 아름다우니까.

란희가 대답했다.

— 아름다움은 사라져. 변하고 퇴색되지.

성곤의 말에 란희가 고개를 저었다.

— 아니, 아름다움은 남아.

란희가 잔잔한 미소를 지었다. 그 미소를 뒤로하고 이제 성곤은 혼자 남아 있었다. 호주의 어느 섬이었다. 앞에는 사막이, 뒤에는 숲이, 아래론 바다가 보이는 환상적인 풍경이 사방에서 그를 에워쌌다. 해가 그의 눈앞에서 불타오르며 밑으로 가라앉았다. 붉은 태양빛이 꺼지는 순간 성곤은 중얼거렸다.

　─아름다움은 남아.

　그렇게 말하는 순간 깜깜해진 밤하늘 위로 폭죽처럼 터진 별 무더기가 고운 빛가루가 되어 쏟아졌다. 꿈인 것을 알면서도 성곤은 눈을 뜨지 않았다. 란희의 속삭임과 아영이의 웃음소리, 손을 스친 풀포기의 보드라운 감촉, 언젠가 벌컥벌컥 들이켜던 물의 맛이 생생했다. 몸 안에 있는 모든 감각이 하나로 뒤섞여 오로라처럼 찬란하고 부드럽고 따스한 무늬를 만들었다. 아름다웠다. 그리고 그 아름다움은 그의 마음에 고스란히, 전혀 훼손되지 않고 온전하게 남아 있었다.

　김성곤은 눈물을 흘리며 눈을 떴다. 막 태어난 아이가 그러하듯, 온몸을 휩싼 충격적인 감각에 그는 한참 동안이나 흐느꼈다.

　울음이 그치고 나자 그의 머릿속에 어렴풋한 무언가가 떠오르기 시작했다. 그가 행해온 작은 몸짓들이 하나의 목적을 향해 방향을 틀었다. 이제는 그것들을 다른 사람들과 나눌 차례였다. 우연히 쏟아진 물감이 번져가며 아름다운 그림을 그려가듯, 김성곤은 떠오른 생각을 멈추지 않고 계속 뻗어갔다. 원대하고 대단한, 혼자서만 가지고 있기 아까운 깨달음의 그림, 인생을 하나로 꿸 수 있는 무언가가 자기도 모르는 사이 가슴과 머릿속을 벅차게 메워가고 있었다.

32

김성곤은 오뚝이처럼 발딱 일어나 앉았다. 평소엔 윗몸 일으키기 한개도 버거워하는 그가 이처럼 단번에 앉을 수 있는 건 그의 마음속에 불이 켜질 때뿐이다. 오밤중에 떠오른 사업 아이템 때문에 자는 란희를 흔들어 깨우고 밤새 기획서를 쓰는, 그런 종류의 번뜩이는 감정을 얼마나 많이 겪었던가. 그 패턴들은 대부분 실패로 귀결됐다. 그 데이터에 따르면 이번에도 애초에 막아야 했다. 김성곤은 호흡을 가다듬고 이성의 지시에 따라 몸을 다시 천천히 뒤로 누였다.

그리고 5초도 지나기 전 다시 벌떡 일어났다.

잠은 이미 달아나 있었다.

정신을 차렸을 때 성곤의 손가락은 이미 흰 모니터 위를 내달리며 새로운 기획의 방향과 내용을 적어 내려가고 있었다. 썩 괜찮아 보여서 뛰어든 적은 많았지만 이처럼 몸을 전율하게 만드는 생각은 처음이었다. 성곤은 자꾸만 타이핑을 멈추고 악력기를 쥐기라도 한 듯 양손을 오므렸다 폈다 하기를 반복했다. 이유 모를 오한에 몸이 약하게 떨려왔다.

이건 뭔가를 사고파는 것도, 성공이라는 한방을 보장해주는 것도 아니었다. 언젠가 진석에게 말한 것처럼 그 어떤 것보다 의미가 가장 앞서는 일이었다.

성곤은 짧게 그가 지난 몇달간, 그러니까 뛰어내리지 못한 강 앞에서부터 현재에 이르기까지 겪은 일들과 그로 인해 깨달은 것들을 일지 형식으로 써 내려갔다. 그런 뒤 몇가지 질문을 적어나가기 시작했다.

정말 변하고 싶은가. 조금이라도 다른 사람이 되고 싶은가. 누군가의 고요한 응원을 받으며 자신만의 아름다운 궤적을 그려나가고 싶지는 않은가. 새로 태어난 것처럼, 자기 자신을 깨부수고 나오고 싶지는 않은가.

성곤은 그날 밤을 하얗게 새웠다. 그리고 마침내 기획서의 초안을 완성한 뒤, 해가 하늘 높이 솟아오른 후에야 모든 것을 멈추고 잠에 빠져들었다.

3부

지푸라기 프로젝트

33

커피숍에 들어선 란희는 자신을 발견하고 멀찌감치서 몸을 일으키는 성곤과 눈이 마주치자 잠깐 숨을 멈췄다. 그 자리에 온 것을 후회하는 동시에 그녀의 기억 속엔 처음 성곤을 만났던 날이 떠올랐다. 영퀴방에서의 설전 끝에 번개로 만난 남자는 그날도 커피숍에 먼저 도착해 있었다. 그는 그녀를 보고 오늘처럼 놀란 듯 몸을 일으켰고 란희 또한 그 순간 모종의 운명을 느꼈던 것이다. 그녀를 기쁘게 하고 환희에 차오르게 하고 그 무엇과도 바꿀 수 없는 존재를 세상에 내놓게 하고 상처와 절망과 후회로 가슴을 치게 한 운명을.

오늘 마주 앉은 란희와 성곤은 20년 전, 운명의 시작점보다 여러모로 낡아 있었다. 그들을 채웠던 사랑과 빛나는 미래에 대한 확신은 시들고 바래고 녹슬었다. 그녀의 눈에 비친 성곤이 그러하듯 성곤의 눈에 비친 자신의 모습도 그러할 것이었다.

하지만 그날 란희는 다른 것을 봤다. 익숙하고도 불길한 빛이 성곤을 희미하게 밝히고 있었다. 뭔가를 시작하려 하는, 란희가 익히 보아온, 지긋지긋한 눈빛이었다. 그렇지만 뭔가가 달랐다. 성곤의 눈빛은 예전처럼 무슨 일이라도 낼 듯 이글이글 불타오르는 대신 따뜻한 촛불처럼 혹은 반딧불의 불빛처럼 고요히, 착실하고 끈질기게 깜박이고 있었다. 남편에게선 과거에 없던 침착함과 진중함이 엿보였다. 예전의 그가 샴페인처럼 뚜껑을 여는 순간 터져나갔다면 지금 그에게는 분명 아래로 가라앉는 묵직한 덩어리들이 있었다. 그에 더해 머쓱하면서도 진중하게 자신을 대하는 태도에 란희는 반사적으로 성곤의 눈길을 피하고 있었다.

─잘 지내지?

성곤이 입을 열었다.

─응.

란희가 일부러 헛기침을 했다. 헤어진 연인의 대화 같은 느낌이 드는 걸 막고 싶었다.

─용건, 얼른.

─아, 그래. 바쁘지.

성곤이 머뭇거렸다. 그러곤 한참을 주절거리며 근황을 말했다. 분명 궁금하지 않았는데도 란희는 귀를 쫑긋 세우고 성곤이 오피스텔에서 묵으며 배달일을 하고 있으며 새로운 무언가를 위해 애쓰기 시작했다는 얘기를 가만히 듣다가 정신을 차렸다.

─용건!

란희는 엄한 말투로 말하고는 휴대전화를 톡톡 쳐 시간을 확인하며 덧붙였다.

─빨리.

란희의 일격에 성곤은 허둥대며 머리를 긁적이더니 빠른 말투로 다다다 말했다.

─그게, 그러니까 말이지, 내 머릿속에 뭔가 떠올랐거든? 근데 당신한테 제일 먼저 얘기해보고 싶었어.

─왜? 어차피 내 말대로 한 적도 없지 않아?

란희가 대꾸했다. 그 말마따나 성곤은 매번 란희에게 의견을 묻기는 했다. 그리고 란희의 생각과 상관없이 자신의 결정대로 했다. 모든 것을 말이다.

─나 말고 더 잘 아는 사람한테 얘기해. 맨날 나보고

아무것도 모른다고 핀잔주지 않았어?

성곤이 머리를 긁적였다.

—하, 참…… 이 말이 당신한텐 어떻게 받아들여질지 모르겠는데, 내가 당신을 20년 넘게 봐왔잖아. 그래서 결정은 내가 하더라도 일단 당신 얘기를 들으면 그게 어떤 얘기건 간에 내 안에 나름의 기준이 생겨.

—뭔 개소리야.

란희의 일갈에 성곤이 뜨끔한 듯 부르르 떨었다. 오늘의 대화에서 주도권은 란희의 것이었고 란희는 그걸 놓치지 않을 생각이었다.

—하루키 알지? 소설가. 그 사람도 작품 다 쓰면 항상 부인한테 제일 먼저 보여준대. 편집자는 매번 바뀌지만 부인은 같은 사람이니까 부인의 의견이 그 사람한테는 표준적인 잣대가 되는 거지.

—내가 아직도 당신 부인인가?

란희가 커피 잔을 좌우로 기울이며, 아직까지는 법적 배우자인 성곤에게 물었다.

성곤이 입맛을 다셨다. 그러곤 식은땀이 나는 듯 이마를 훔쳤다. 란희는 성곤을 획 쳐다봤다. 평소의 성곤이라면 자기 말에 취해 란희가 듣든 말든 신나게 말을 쏟아내며 호언장담했을 거다. 오늘의 성곤은 그러지 않았다. 어딘가 조심스럽고 풀이 죽은 듯 보이면서도 진중한 느낌이 물씬 풍겼다.

— 말이나 해보든지.

란희가 커피를 한모금 빨아올리곤 얼른 덧붙였다.

— 최대한 빨리.

성곤의 얼굴이 밝아졌다. 그가 앞으로 확 다가오는 바람에 란희는 어퍼컷을 피하는 복싱 선수처럼 반사적으로 상체를 뒤로 젖혔다. 성곤이 머쓱한 표정을 짓더니 이내 이야기를 시작했다.

시큰둥했던 란희는 어느새 성곤의 이야기에 집중하고 있었다. 전에 성곤이 벌였던 일들과는 완전히 성격이 다른 얘기였다. 누구나 생각하고 누구에게나 절실한, 하지만 누구나 쉽게 포기해버리는 어떤 것에 관한 이야기. 성곤의 말이 계속되는 동안 란희는 그 안에 비밀스럽게 자신을 투사했다. 맞아, 나도 그랬는데, 다들 그렇기도 하고. 그런 말이 마음속에서 조용히 울렸다. 자신도 모르게 고개를 끄덕인 것도 여러차례였다.

드디어 성곤이 말을 마쳤다. 아주 중요한 사람 앞에서

인생이 걸린 프레젠테이션을 막 마치기라도 한 것처럼 성곤은 숨까지 몰아쉬며 이마를 훔치고 미소 지었다. 란희는 성곤이 이토록 조심스럽게, 그러나 확신을 가지고 말하는 모습이 낯설었다. 그녀는 조용히 입을 열었다.

— 변화라……

란희는 너무 익숙해서 생소한 단어 앞에 말을 멈췄다가 다시 입을 열었다.

— 그러니까, 뭔가가 바뀌기를 원하는 사람들을 위한 일이네?

— 응.

— 당신이 생각한 거치곤 쏘울풀하네.

란희는 삐쭉거리듯 말했지만 성곤은 칭찬받은 어린아이처럼 웃었다.

— 나쁘지 않아. 변하고 싶은 사람은 많으니까. 나부터도 그렇고.

아직은 가시 돋친 말투로 란희가 덧붙였다. 입을 열면 계속 말이 흘러나올 것 같았다. 그렇지만 성곤과 오래 마주 앉아 있을 생각은 애초에 없었으므로 그녀는 몸을 추스르며 가방끈을 잡았다.

— 이만하면 됐지? 이제 나한테 묻지 마.

―고마워. 잘 들었어.

성곤이 란희를 지그시 바라보며 답했다. 란희는 서둘러 그의 눈길을 피했다. 순간적으로 어디서 본 것 같은, 한때 사랑했던 남자가 떠올랐기 때문에 당황스러웠다.

커피숍에서 나와 한 블록쯤 걸었을 때 란희는 방금 전까지 머물렀던 건물을 힐끗 돌아봤다. 아직도 성곤은 그 안에 있을 터였다. 확실히 오늘 그에겐 뭔가가 있었다.

란희는 복잡해지는 기분이 반갑지 않았다. 성곤으로 인해 새겨진 몸과 마음의 주름을 떠올리면 그를 과거에 남겨둔 채 마냥 앞으로만 전진하고 싶었다. 돌이키기엔 쌓인 것의 양이 너무 많고 두터웠다. 실제로 란희는 성곤을 잊고 싶었고 꽤 잊었으며 그가 없는 삶에 만족하고 있었다. 새로운 직장, 소박하지만 알뜰한 고정수입, 막 피어나기 시작한 작은 꿈과 용기. 험난할 거라 생각했지만 막상 겪어보니 인생은 나름의 길을 내주었고 자신은 스스로가 예상했던 것보다 그 길 위에서 꽤 의미 있는 지도를 만들어나가는 중이었다. 그러므로 그녀는 명목상 법적 남편인 성곤과 다시 뭔가를 회복하고 싶지 않았다.

그럼에도 옛 동지로서 한가지만큼은 진심으로 바랐다.

―잘됐으면 좋겠네.

들릴 듯 말 듯한 란희의 목소리가 인파 가득한 한낮의 공기 속으로 조용히 스며들었다.

34

성곤과 헤어지고 난 뒤 란희는 아영이를 데리러 학원 앞으로 갔다. 지친 표정과 처진 어깨로 나온 아이의 얼굴을 보자 덩달아 가라앉는 기분이었다. 란희와 성곤은 아영에게 죄인이었다. 아이 앞에서 보인 파란을 떠올리면 가슴 한편이 서늘해졌다. 어린 아영이가 울면서 그만하라고 애원해도 각자의 감정에 미쳐 있던 순간, 부부는 사나운 싸움을 그만두지 않았다. 란희는 그 점에 있어서만큼은 자신과 성곤이 공범이라고 생각했다. 그래서 어느새 속내를 말하지 않고 커버린 10대의 아영이 앞에 서면 한없이 미안해질 뿐이었다.

— 피곤했지? 감자탕 먹을까?

란희가 희망에 찬 얼굴로, 하지만 실은 전혀 희망 없이 던졌다.

— 응.

웬일로 긍정의 답이 돌아왔다. 란희는 마침 그날이 월

급날이라는 게, 희망이 없었음에도 희망을 던져본 게 다행스럽고 기뻤다.

조금 후 모녀는 작은 감자탕집에 다리를 뻗고 앉았다. 아영이가 어렸을 때부터 자주 오던 곳으로, 아영이를 아기띠에서 내려 가게 마루에 깔린 방석 위에서 재우며 성곤과 소주 한잔을 나누던 기억이 아직도 선했다. 아영이도 자라나면서 감자탕을 좋아하게 되자 식당은 세 식구의 넘버원 아지트 같은 곳으로 자리매김하게 됐다. 성곤과 따로 살게 되면서는 자주 오지 못했지만.

란희는 아영이의 희고 긴 다리를 주물렀다. 사춘기가 온 아영이는 부쩍 말이 없어졌다. 평소라면 머리를 쓰다듬는 걸 가지고도 만지지 말라며 가자미눈을 뜰 텐데 오늘은 꽤 피곤했나보다. 어쩌다 말을 섞어도 찬바람 일으키며 다 큰 척하더니, 이럴 땐 또 가만히 엄마의 손길에 몸을 내맡기는 게 영락없는 어린아이였다.

── 많이 힘들어?

란희가 물었다. 아영이는 수학학원에서 다섯시간을 연달아 공부하고 나왔다. 더는 공부만이 살길이 아니라고들 말해도 란희는 다른 방법을 알지 못했다. 게다가 요즘은 수학 성적이 잘 나오지 않으면 아예 대학에 갈 생각을 말아야 한다고 했다. 생활 속에서 수학을 쓸 일이 그렇게 많나? 솔직한 심정으로 란희는 잘 이해되지 않았다. 예전엔 대학을 가기 위한 시험도 훨씬 단순했던 것 같은데, 지금은 뭐가 뭔지 모르게 다 바뀌어서 란희는 입시제도에 대해 듣고 또 들어도 늘 혼란스럽기만 했다. 자신도 그다지 동의하지 않는 시스템 안에 남들처럼 아이를 몰아넣고 성실함과 꼼꼼함을 강요하는 게 자주 찔렸다. 기껏해야 평소엔 많이 힘들지, 그래도 해야지 어쩌겠니,라고 말하고, 힘이 부치는 날엔 그래 가지고 뭐가 되려고 그래, 너만 힘드니, 세상 사람 다 힘들고 너 정도면 배부른 거야,라는 말도 서슴지 않는 평범하고 못난 엄마였지만.

란희는 보글거리며 끓고 있는 감자탕을 바라봤다. 왜 삶은 이리도 인색하고 궁색하고 지금 눈앞에 보이는 형광등 아래 빛바랜 앞접시 안의 배추겉절이처럼 멋없는 민낯인 걸까, 생각하는 순간 아영이의 입에서 작은 중얼거림이 새어나왔다.

― 엄마, 우리가 인생이나 운명을 바꿀 수 있을까?

왜 그런 게 궁금해진 거냐고 물으려다가 란희는 말을 바꿨다.

─그럼, 우리 하기에 달렸지.

확신이 없었지만 한마디 덧붙이는 것도 잊지 않았다.

─운명은 만들어가기 나름인 거야.

아영이가 한숨을 쉬었다.

─난 아닌 것 같아. 벌써 다 틀린 것처럼 느껴져. 길은 이미 정해져 있고 난 아무리 용을 써도 어차피 애초에 정해진 길 위에 있는 거야. 공장 컨베이어벨트 위의 상품처럼. 사실 무슨 라벨이 붙여질지는 처음부터 다 정해져 있었는데 컨베이어벨트가 막 복잡하게 꼬여 있어서 혹시나 하고 헛된 희망을 품다 망하는 거지. 결국 처음부터 예정됐던 라벨이 붙을 때까지.

예상치 못한 아영의 말에 란희의 가슴은 철렁 내려앉았다. 중학교 2학년짜리가 벌써 그렇게 생각하고 있다니. 살아보니 완전히 틀렸다고 보기도 어려운 말이었다. 그렇지만 엄마로서 그 말이 맞는다고 말하기는 싫었다. 다른 비전을 제시하는 엄마가 되고 싶었다.

─네 주변 친구들도 다 그렇게 생각해?

─당연하지.

─그리고 너도 그 말이 맞는다고 생각하고?

아영이는 천천히 몸을 일으켜 들깻가루가 수북이 뿌려

진 깻잎을 국물에 적셨다.

　─몰라. 근데 뭐든 애초에 포기하는 게 좀더 마음 편할 것 같긴 해.

　─해보지도 않고 포기를 왜 해.

　─해봐야 뻔하고 애써봐야 헛수고니까.

　그렇게 말하며 아영이는 란희를 쏘아보듯 쓱 훑었다. 엄마 아빠 인생이 좋은 본보기가 돼서 안다는 듯이. 란희는 엄마라는 존재가 으레 그래야 하듯 억지로 힘을 냈다.

　─그런데 아영아, 네가 그런 말을 하는 건 너도 바뀌고 싶어서 그런 게 아닐까?

　─내가?

　아영이가 너털웃음을 지었다.

　─내가 뭘 바뀌어. 어떻게 바뀌어. 그냥 안 될 거 같으니까 안 될 거 같다고 말하는 거지.

　─만약에, 만약에 말야.

　란희가 입을 열었다. 낮에 성곤과 나누던 대화를 떠올리면서.

　─네가 작은 행동이나 습관들을 바꿔나가고 그렇게 해서 네 생각이 바뀌고 나아가서 인생도 바뀐다면 믿겠니?

　─아니.

칼 같은 아영이의 대답에 왜인지 란희는 의기소침해졌다. 그뒤로 대화는 끊겼다. 란희는 이미 입맛이 뚝 떨어진 뒤였지만, 아영이는 자조 섞인 말에도 불구하고 뼈를 야무지게 발라가며 그릇을 싹싹 비웠다. 갑자기 아영이가 입을 연 건 깍두기를 세번째 리필하고 나서였다.

— 생각해보니까 엄마 말도 일리가 있어. 다들 바뀌고 싶어하는 건 맞는 것 같아.

— 그래?

— 응. 근데 그냥 지레 포기해버리는 거지. 밥 먹으면서 생각해봤는데 내가 한 말도 일종의 푸념인 것 같아. 희망차게 시작했다가 결과가 안 좋으면 뻘쭘하잖아. 과거가 촌스러워진다고. 그럴 바엔 차라리 시니컬하게 먼저 선수 쳐버리는 거지. 어차피 안 될 거라고 말하면서.

— 혼자 힘으로는 어려우니까 다른 사람의 응원을 받는다면? 누가 내 변화를 지켜봐주고 힘을 준다면 어떨 것 같아?

— 그런 거야 쌔고 쌨지. 오픈채팅방에서 같이 다이어트하자거나 같이 달리자거나 그런 게 얼마나 많은데.

— 너 오픈채팅 하니?

— 아니.

란희의 날카로운 엄마 모드 질문을 아영이는 사춘기의 딱 자르는 말투로 끊었다. 란희는 감정을 정돈하듯 고개를 가로젓고 다시 미소를 떠올렸다.

　— 약간 달라. 일단 들어봐.

란희는 성곤이 했던 이야기를 차근차근 풀어내기 시작했다. 왜 성곤이 그런 표정을 지었는지 알 것 같았다. 말하면서 신이 났고, 계획을 얘기하며 벌써 반은 이룬 것 같았다. 정신을 차려보니 아영이가 허공에 숟가락을 든 채 눈을 빛내며 귀를 기울이고 있었다.

　— 나쁘지 않아. 사람들 반응도 괜찮을 것 같은데?

　— 그치?

란희가 기쁘게 되물었다.

　— 근데 이거 엄마 생각이야?

순간적으로 란희의 말문이 막혔다.

　— 아니, 아빠.

아영이의 등이 아래로 푹 꺼졌다.

　— 만났어?

　— 잠깐.

　— 아빠 아직 미워?

냄비를 바라보며 아영이가 물었다.

―그런 질문 금지라고 했지?

　―자식한테 질문 금지하는 거 금지인 거 몰라? 요즘은 아동심리학자들도 다 그렇게 말한다고.

　―아동심리학자는 아동심리학자고, 어쨌든 우리 집 결정권자는 엄마거든?

란희가 웃었다. 란희를 흘기는 아영이의 얼굴에도 미소가 걸쳐져 있었다. 그러나 성곤을 떠올리자 마음이 다시 부산스러워졌다. 아까 본 그는 괴종 같았다. 현재의 껍데기 안에 과거의 그를 몇방울쯤 떨어뜨려 넣은, 이상하고 수상한 별종.

그래도 조금은. 란희는 몰래 생각했다. 자신이 한때 반했던 남자를 닮은 것 같다고.

그날 밤, 새로운 계획에 대해 고민하며 늦게까지 뒤척이다 겨우 잠든 성곤의 휴대전화에 란희에게서 온 문자가 밝은 빛을 뿜으며 반짝 떠올랐다.

　―가능성 있어 보임. 아영이도 괜찮대. 답장 금지.

35

란희의 문자를 본 성곤은 마음속에서 불끈 용기가 솟는 걸 느꼈다. 가족이라고 부르기도 몹시 부끄러운 상태였지만 가족과 피붙이의 응원과 격려를 받는 게 얼마나 든든하고 힘이 되는지 새삼 깨달았다. 그래서인지 그날따라 식당을 함께 운영하는 부부들이 더욱 존경스러워 보였고, 점심시간에 가정집으로 점심을 배달하는 일도 보람차게 느껴졌다.

란희의 문자에 언급된 아영이의 이름을 본 그는 어찌나 기분이 좋았던지 평소 용기가 나지 않아 미루고 미루던 일을 실행에 옮겼다.

학교 앞 골목에는 벌써 하교 중인 아이들이 삼삼오오 지나가고 있었다. 김성곤의 눈에 친구와 폴짝거리며 내려오는 작은 소녀가 눈에 띄었다. 수많은 인파 속에서도 절대로 놓칠 수 없는 아이였다. 친구와 수다를 떠는 아이의 얼굴은 밝게 빛났고 그 위로 해맑은 미소가 떠올라 있었다. 그 모습을 보자 안도감이 몰려왔다. 엄마 아빠와 함께였던 지붕 아래에선 그늘져 있었지만 친구와 함께 저렇게 웃는 얼굴이라면 조금은 안심해도 괜찮을 것 같았다.

성곤과 눈이 마주친 순간 아영이의 얼굴은 굳었고 전체 실행취소 버튼을 누른 듯 1초 만에 미소가 싹 사라졌다. 예상하긴 했지만, 막상 그 모습을 보자 겸연쩍고 부끄러웠다. 그래, 보고 싶지 않겠지. 마주쳐서 당황스럽겠지. 성곤은 이해했다. 아영이는 몹쓸 것이라도 본 듯 친구의 손목을 움켜쥐고 걸음에 속도를 냈다. 이상한 낌새를 느낀 친구가 뒤를 돌아봤다. 어린 시절 집으로 놀러 오기도 해서 잘 아는 아이였다. 아이가 성곤에게 인사를 건네고 아영이에게 시선을 옮기자 비밀을 들킨 것처럼 아영이의 표정이 침울해졌다. 먼저 간다는 말을 남기고 친구가 사라지자 아영이의 눈에 독기 비슷한 게 떠올랐다.

— 왜 여기까지 와서 난리야? 창피하게.

그동안 잘 지냈느냐는 인사를 건네기도 전 아영이가 쏘아붙였다. 창피하게,라는 말은 중얼거리듯 뱉었지만 그래서 더 쓰라렸다.

— 미안. 그럼 간다. 얼른 친구 따라가.

성곤이 말했다. 하지만 웬일인지 아영이는 움직이지 않고 발끝을 아스팔트에 비비며 동그라미를 그렸다.

— 왔으면 떡볶이나 사주든가.

무심하게 걸친 말에 성곤은 얼굴에 번지는 미소를 참

기 위해 입술을 깨물었다.

분식집은 감자탕집과 쌍벽을 이루는 그들 가족의 단골 가게였다. 추억의 기간만큼이나 나이가 들어버린 주인의 영업 비법은 절대 손님을 알은척하지 않는 것이었다. 아무리 자주 오고 아무리 많이 먹어도 주인은 늘 손님들을 처음 본 듯, 혹은 백년을 봐온 듯 공평하게 대했다. 손님이 아무리 오랫동안 죽치고 앉아도 한마디도 걸지 않았고, 테이블 회전은 답답해진 대기 손님들이 눈총을 주면 기존의 손님이 알아서 일어서는 식으로 자연스럽게 이루어졌다. 그래서 무지개 분식이라는 원래 이름보다 스타벅스 분식집이라는 별명으로 불렸다. 아영이와 성곤은 스타벅스 분식집의 구석 자리에 앉아 변함없이 매콤달콤한 길고 얇은 떡을 맛봤다.

— 부담스러우니까 쳐다보지 마.

그새 부쩍 자란 아영이를 대견하게 훔쳐보던 성곤에게 아영이가 말했다.

— 응. 먹기만 하고 갈게. 근처 지나다가 그냥 와봤어.

— 하긴, 망한 아빠가 딸 보러 올 이유가 뭐 있겠어?

아영이가 중얼거렸다. 성곤은 말없이 고개를 숙였다.

그러나 정신없이 떡볶이를 먹고 배가 좀 차자 신경질도 덩달아 가라앉았는지 아영이는 조금 더 관대해진 목소리로 말했다.

　―아빠가 기획한 거 들었어. 흥미롭더라.

　―그래?

아영이가 건성으로 고개를 끄덕이더니 성곤을 바라봤다.

　―근데 아빠가 생각한 거야?

　―응, 왜?

　―아빠가 한 생각치곤 너무 아빠 같지 않아서. 사실 오늘 전체적으로 아빠 같지가 않아.

　―왜? 아빠 어디가 달라진 것 같아?

아영이는 고개를 좌우로 까딱거렸다.

　―그런 것 같기도 해. 껍데기도 그렇고 내용물도 그렇고……

　―수염을 깎아서 그런가. 아영인 어떤 아빠가 좋아? 아니, 어떤 쪽이 그나마 좀 나아?

　―말이라고 물어? 둘 다 별로지.

아영이가 싸늘하게 대답했다.

　―그래도 이번 버전이 전 버전보단 낫네. 계속 안 좋아지고 있었는데 뭔가 혁신이 좀 일어났나봐?

성곤이 웃었다. 최근 웃은 것 중 가장 밝고 크게.

분식집에서 나와 아영이를 학원까지 데려다주는 동안 두 사람 사이엔 다시 말이 없어졌다.

──아빠가 아영이 다시 만나려면 어떻게 해야 돼?

헤어지기 직전 성곤이 물었다.

──철없다, 아빠. 그런 복잡한 건 자식한테 묻는 게 아니야.

아영이의 말에 성곤은 고개를 끄덕였다. 다음번이라는 게 있다면 조금 더 온전한 가족의 모습으로 만나면 좋겠다고 희망하면서.

36

집으로 돌아오는 길, 자기도 모르게 터져나오는 웃음을 참으며 김성곤은 일부러 길을 돌아 학원 건물 앞을 지나쳤다. 그는 여느 때처럼 그 자리를 지키고 서 있는 박실영에게 다가가 활기차게 말을 걸었다.

──저, 이런 말씀 황당하시겠지만요, 영감님 덕에 제 삶이 약간 괜찮아졌습니다.

──내 덕에요?

─영감님이 큰 힌트를 주셨거든요. 그래서 감사하다 구요.

박실영은 더 묻지 않고 다행이라며 미소를 지었다. 그러더니 엄격한 선생님처럼 눈을 가늘게 뜨고 말했다.

─그런데 하나만 더 얘기해드릴까요. 그럴 때 조심해야 됩니다.

─뭘요?

─사람은 자꾸 원래대로 돌아가려는 성질이 있거든요. 돌보다 더 단단하고 완고한 게 사람이죠. 바뀌었다고 생각한 그 순간 원래 모습대로 되돌아가게 돼 있습니다. 왜? 그게 편하니까. 그 단계에서 스스로를 다잡는 사람은 정말 드물죠. 그 시간까지 온전히 겪고 나서야 비로소 원래의 자기 자신에서 한발자국쯤 나아간 사람이 되는 겁니다.

수수께끼 같은 말을 남기고 박실영은 막 건물에서 나오기 시작한 아이들을 향해 걸음을 옮겼다.

김성곤은 그 말에 귀 기울이지 않았다. 오히려 박실영에게 흥분한 마음을 표현한 것을 후회했다. 오늘만큼은 그저 기쁨에 취해 있고 싶었다.

그러나 바로 그날 저녁 그의 작은 기쁨을 배신하기라도 하듯, 김성곤이 처음으로 기획서를 제출한 투자처에서 무시에 가까운 거절 의사를 통보해 왔다. 예상했던 결과였지만 동시에 반쯤은 기대했기 때문에 성곤은 작은 실망감을 느꼈다. 그가 익히 겪어본 맥 풀리는 실망감이었다. 하지만 그는 훅 한숨을 쉬고 이렇게 중얼거렸다.

— 인연이 아닌가보네. 그거지 뭐.

전 같았다면 밀려드는 스트레스와 압박감에 초조해졌을 김성곤은 여유롭게 자신의 감정을 조절했다. 어차피 결과를 남이 정하는 거라면 그에 상관없이 좋은 기분을 유지하고 싶었다. 차갑지도 뜨겁지도 않게 안녕히 가세요,라고 말하는 스타벅스 분식집의 주인처럼 김성곤은 자신의 새로운 도전에 대한 첫번째 응답에 똑같이 쿨하게 손을 흔들어주었다.

37

그러나 이주일새 네번의 거절을 받으면 아무리 철통 같은 마음이라도 균열과 의심이 새어드는 건 당연하다. 김성곤도 어쩔 수 없이 의기소침해졌다. 그럼에도 그의 의지가 전혀 꺾이거나 수그러들지 않는다는 게 더욱 문제였다.

김성곤의 별명이 오뚝이였던 건 그가 매번 그만둘 타이밍을 놓치고 끝까지 갔기 때문이다. 그의 생이 실패로 점철된 이유도 그 때문인지 몰랐다. 그런데 이번에도 그는 중간에 포기하고 싶지 않았다. 아직은 그럴 때가 아니었다. 마음속을 밝힌 불이 꺼지지 않는 촛불처럼 여전히 고요하게 타오르고 있었기 때문이다.

답 없는 고민을 하고 있는 성곤에게 진석이 쓱 다가왔다. 자신의 아지트 공간에서 막 개인 방송을 끝낸 진석은 늘어지게 기지개를 켜곤 몸을 이쪽저쪽으로 늘였다.

─사장님이 캐릭터는 캐릭터인가봐요. 곰 사장님 덕에 자기도 피트니스 시작한다는 댓글까지 달렸어요.

진석이 재미있다는 듯 말했다.

─곰 사장? 그게 누군데?

진석은 얼빠진 듯한 표정을 짓더니 손가락을 들어 성곤을 가리켰다.

─나?

─네. 채널 구독자들이 사장님 별명 붙였어요. 사장님이 입은 티셔츠에 곰돌이가 그려져 있어서.

194

─나 출연한 적도 없는데?

성곤이 아연실색해서 묻자 진석이 헤헤 웃으며 벽을
가리켰다.

─저게 대신 출연했거든요.

성곤은 벽에 고집스럽게 붙어 있는 자세 교정 사진을
바라봤다. 그 수많은 사진 속에서 그는 줄곧 똑같은 옷을
입고 있었다. 팔에 곰돌이가 그려진 딱 달라붙는 맨투맨
트레이닝복.

─일부러 찍은 건 아닌데 어느 날 방송 중에 누가 묻
더라고요. 벽에 붙어 있는 사진 뭐냐고. 같이 지내는 전직
사장님의 고군분투 기록이라고 했더니 가까이서 보여달
라는 요청이 쇄도해서, 어차피 사진에 사장님 얼굴도 안
나오니까 카메라를 비췄죠. 사람들이 대단하다고 하면서
궁금해하길래 저도 사장님이랑 같이 일했던 거, 사장님의
변화 도전 얘기를 하게 됐고요. 그러고 마는가 했는데 며
칠 지나서 누군가가 곰 사장님 여전히 똑바른 자세로 잘
지내시냐고 묻는 거예요. 그때부터 곰 사장님이 되신 거
죠. 아무튼 전 사실대로 말했어요. 사장님 등 완전 꼿꼿해
지셔서 더이상 자세 교정 확인용 사진 찍지도 않는다고.
그랬더니 대단하다는 둥 자기도 한가지에 도전해서 뭔가

를 끝까지 이루고 싶다는 둥 피드백들이 줄줄줄 달리기 시작한 거죠.

진석이 숨 가쁘게 말하더니 덧붙였다.

— 곰돌이 옷이 어디 브랜드 제품이냐고 묻는 댓글이 가장 많긴 했지만요.

성곤은 자기도 모르게 생긴 곰 사장이라는 별명에 대해 곰곰 생각했다. 누군가가 보이지 않는 곳에서 자신을 응원하고 호명해준다는 게 신기했다. 그리고 다음 순간, 성곤의 머릿속에 뭔가가 번뜩 스치고 지나갔다.

— 진석아, 너 구독자 몇명이지?

— 삼만 칠천명이요. 십만명 넘기는 게 목표였는데 계속 제자리라 요원하기만 합니다.

성곤의 눈빛이 밝아졌다.

— 겨우 십만이 뭐냐, 진석아. 최소 백만은 찍어야지.

— 예?

진석이 휘둥그레져 물었다.

— 근데 그전에 일단! 이번 주 안에 오만명부터 넘겨보자. 곰 사장이 도와줄게.

그로부터 며칠 뒤 저녁, 진석은 옆에 나란히 앉은 성곤에게 물었다.

— 이제 라방 시작합니다. 준비되셨죠?

성곤은 지구를 침공한 외계인을 무찌르러 가는 전사처럼 천천히 고개를 끄덕였다. 진석이 채널을 켜고 활기차게 말하기 시작했다.

— 안녕하세요. 예고한 대로 오늘은 아주 특별한 날입니다. 저희 곰 사장님 언급하신 분들 많았는데요, 오늘! 곰 사장의 생생한 인터뷰가 공개될 예정입니다. 곰 사장님, 나와주시죠.

몸을 숨겼던 성곤이 화면에 모습을 드러냈다. 사진 속의 곰돌이 트레이닝복을 입은 채.

— 안녕하세요. 제가 바로 곰 사장입니다. 가장 궁금해하시는 곰돌이 트레이닝복의 실체와 브랜드명은 방송 중간에 불시에 공개하도록 하겠습니다. 그러려면 방송을 처음부터 끝까지 계속 보셔야겠죠?

성곤이 여유롭게 넉살을 부렸다.

그로부터 약 45분간 성곤은 진석과 신나게 이야기를 쏟아냈다. 자신에게 언제부터 이런 끼가 있었나 싶을 정도로 그는 능숙하게 방송을 즐기며 대화를 이어나가다 적당한 시점에 본론을 꺼냈다.

──제 사진이 이 채널에 간접적으로 출연한 줄도 몰랐는데, 저를 응원해주신 분들이 계시다는 걸 뒤늦게 알게 되고 나서 참 감사하더라구요. 제 근황에 대해서 말씀드리자면, 작지만 큰 변화를 모색하는 일을 구상 중입니다. 사실은 저도 저만의 채널을 열었거든요.

성곤이 말을 이었다. 며칠간 진석의 도움으로 만든 유튜브 채널을 간략히 소개하는 것으로 그는 멘트를 마무리했다. 그렇게 정신없이 방송을 마친 성곤은 한숨을 크게 내쉬곤 진석을 향해 말했다.

──진석아, 나 뭔가 시작했다는 생각이 든다.

──제가 보기에도 그래요.

진석이 말했다. 김성곤은 그런 진석을 향해 씩 웃었다. 언젠가 그의 가게에 걸려 있던 사진 속 얼굴과 꼭 닮은 미소였다.

38

김성곤 안드레아가 구상한 야심찬 기획의 이름은 '지푸라기 프로젝트'였다. 그의 당초 계획은 이 프로젝트를 앱으로 만들어 정식으로 출시하는 것이었다. 앱의 성격을

군이 정의하자면, 익명으로 연결된 도전과 응원의 매칭 프로그램이었다. 유저들이 스스로 목표를 설정하고 영상이나 사진으로 매일매일의 기록을 업로드하면 그 유저와 매칭된 다른 회원들이 응원의 메시지를 보내주는 쌍방향 소통 앱.

가장 큰 전제는 유저들의 완전한 익명성 보장이었고, 소통 앱의 특성상 발생할 수 있는 여러가지 부작용을 사전에 차단할 튼튼한 프로그램과 관리 인력도 필수적이었다.

그러나 최소한의 자본조차 투자 받지 못한 현재로서는 이 모든 걸 갖출 여력이 없었다. 그래서 김성곤은 임시로 연 유튜브 계정을 통해 자신의 생각을 홍보하고, 소수의 참여자를 모집해 일종의 베타테스트를 실행해볼 작정이었다.

성곤은 자신의 유튜브 채널에 지나온 삶을 담담하게 고백했다. 나락에 빠져 있던 실패한 인생과 수렁에서 빠져나오기 위해 선택했던 단 한가지 목표, 자세를 바르게 하기 위해 쏟아부었던 부단한 노력들, 그뒤 점차 확장된 사소하고 보잘것없는 새로운 목표들과 가족에게서 받은 응원의 힘에 대해서도 털어놓았다. 그러니까 지푸라기 프로젝트는 다른 누구도 아닌 김성곤 안드레아 자신에게서 출발한 이야기였다.

─성공이 꼭 대단한 결과만을 의미하는 건 아닙니다. 우린 성공을 너무 과대평가하고 있어요. 그러다보면 지레 겁을 먹게 되죠. 작은 한걸음을 내딛고 거기서부터 힘을 얻어 걸어가면 됩니다. 그 자체가 이미 성공일 수 있어요. 사실 여기까진 어디서 많이 들어본 얘기일지도 모릅니다.

제가 제안하는 건, 함께하자는 겁니다. 어떤 인생이든 그 안엔 절망과 희망이 함께 깃들어 있고 작든 크든 지금의 상황을 벗어나게 도와줄 지푸라기를 잡고 싶어하는 건 모두가 똑같아요. 하지만 어떤 지푸라기를 쥘 건지는 스스로 정해야 하죠. 누군가가 대신 만들어 내미는 지푸라기는 잡아봤자 금세 가라앉을 테니까요. 이 프로젝트는 여러분이 스스로 만든 지푸라기에 바람을 넣어줄 겁니다. 지푸라기가 엄청나게 커다란 튜브가 될 때까지, 그래서 여러분이 당당하게 수면 위로 떠오를 때까지 말입니다.

김성곤이 말했다. 그는 댓글이나 메일로 사연을 접수받아 자신이 그중 몇몇을 채택하고, 채택된 사람의 도전을 지켜보며 함께 응원해줄 사람들과 매칭하는 프로젝트의 세부내용에 대해 소개했다. 아직 어떤 반응이 이어질지 전혀 알 수 없었지만 김성곤의 목소리는 우렁찼고 확신에 가득 차 있었다. 무언가를 세상에 내놓고 아직 평가나 반응을 얻기 전, 그 떨리는 순간의 쾌감이 손끝까지 생생하게 느껴졌다. 결과에 상관없이 뿌듯하고 자랑스러웠다.

그리고 놀랍게도 댓글창엔 하나둘, 크고 작은 지푸라기를 잡고 싶은 사람들의 사연이 모이기 시작했다. 어떤 경로로 성곤의 채널에 들어오게 됐는지는 몰라도 예상을 뛰어넘은 반응이었다. 다이어트, 공부, 운동, 건강, 입시, 사업 등의 여러 목표를 밝힌 사연들 가운데 그의 시선을 끈 건 30대 초반의 김시안이 보내온 다음과 같은 이야기였다.

3년째 방에서만 지내고 있습니다. 눈앞에서 연인의 교통사고를 목격하고 아버지가 사기 혐의로 누명을 써 스스로 목숨을 끊은 후부터 전 웅크러들기 시작했어요. 모든 게 위험하고 몹쓸 것으로만 느껴졌으니까요. 그러다보니 어느새 저와 세상은 서로를 등진 채 모른 척하게 되었죠. 약도 먹어보고 여러 노력을 해봤어요. 복지시설에 도움을 요청해 집 안 가득 쌓인 물건을 모두 정리 정돈하고 사람들의 손을 잡고 외출을 한 적도 있고요. 하지만 스스로의 힘으로 해낸 게 아니라서였을까요. 정신을 차려보면 어느새 다시 잡동사니로 가득한 어두운 방 안에 숨어 지내고 있는 저 자신을 발견하게 됩니다.

그래도, 전 여전히 나가고 싶어요. 다시 전처럼 세상이 살 만한 곳이란 걸 느끼고 싶어요. 변화라뇨. 말은 안 해도 누구나 원하는걸요. 너무나 떨리고 두려워서, 또다시 실패가 될까봐 바뀌고 싶다는 말을 할 용기가 없어서 시도조차 포기해버리는 것뿐이죠. 제 목표는 소박해요. 하루에 딱 세걸음씩만 걸어보고 싶어요. 그 걸음이 모여 언젠가 저를 세상 속으로 이끌어줄 수 있을까요?

성곤은 첫번째 지푸라기 프로젝트로 이 사연을 채택했다. 방송을 통해 공개된 시안의 이야기에 격려의 댓글이 쏟아졌고 성곤은 그중 그녀의 충실한 응원자가 될 사람들을 뽑아 그들의 메시지를 방송에서 읽었다. 김시안은 하루에 세발짝씩 걸음 연습을 하는 것을 과제로 삼아 매일 성곤에게 자신의 발걸음을 찍은 영상을 보내왔으며 성곤은 그것을 편집해 계정에 올렸다.

그렇게 지푸라기 프로젝트의 베타버전 실험이 시작됐다.

39

사연이 공개된 지 보름 후, 김시안은 방 밖으로 나와 거실까지 발걸음을 디디는 데 성공했다. 기억 속에서 가물가물해진 누군가의 메일을 받은 것도 그때쯤이었다.

메일을 보낸 건 놀랍게도 어린 시절의 악동, 박규팔 야곱이었다. 자신이 알던 김성곤이 맞느냐며 안드레아라는 닉네임을 보고 혹시나 해서 연락했다는 내용의 메일에 성곤은 남겨진 번호로 곧바로 전화를 걸었다. 얼마 후 그들은 시내 한가운데 번쩍이는 위용을 자랑하며 서 있는 노넷 코리아의 옥외 카페에서 만났다.

놀랍게도 노넷 코리아 경영지원팀의 본부장이 되었다는 규팔은 어린 시절과 180도 달라져 있었다. 영화로 따지면 아역과 성인역이 너무 달라서 캐릭터에 일관성이 없다고 말할 정도로, 규팔의 외모는 기억 속의 모습과 달라져 있었다. 통통하고 동글었던 몸은 자라나면서 사방으로 쭉 뻗어나간 듯 키가 훤칠했고 얼굴을 꽉 채운 살도 싹 빠져 각진 얼굴형이 도드라졌으며 동년배에 비해서도 마른 축에 속한데다가 부리부리했던 눈매는 가늘고 밋밋해져 있었다. 한마디로 박규팔보단 차라리 박규필이라는 이름이 더 어울릴 것 같은 이미지였다. 그런데도 성곤은 그의 태도와 언행에서 어린 시절의 야곱 박규팔과 정확히 연결되는 어떤 느낌을 지울 수 없었는데 그게 무엇인지는 설명하기가 어려웠다.

규팔은 우연히 알고리즘으로 보게 된 지푸라기 프로젝트의 클립이 인상적이었다며 도움 될 일이 있으면 힘을 보태겠다고 말했다. 중간중간 회사에서의 업적과 위치를 말하는 규팔에게서는 스스로에 대한 자부심이 물씬 풍겼다. 과거의 이야기로 진입해 영성체와 포도주의 악몽에 대해 이야기하자 그는 호탕하게 웃으며 사과했다. 야곱의 영어식 표기인 제이콥을 영어 이름으로 쓴다는 규팔의 말에 성곤은 기억 속 어렴풋한 존재를 떠올렸다.

──율리아 기억나? 주희.

성곤의 말에 규팔은 눈을 크게 뜨더니 이내 멋쩍게 웃었다.

──기억할 필요가 없지. 매일 보니까.

규팔이 휴대전화 속 가족사진을 성곤에게 보여주었다. 김성곤은 한눈에 이주희 율리아를 알아볼 수 있었다. 어린 시절의 모습을 전혀 찾아볼 수 없는 규팔 옆에 기억 속 그대로의 모습으로 주희가 앉아 있었고, 그들의 품에는 어린 시절의 둘을 닮은 두 아이가 안겨 있었다. 성곤은 꽤

나 놀랐지만 이내 흐뭇한 미소를 지었다. 인생이란 참 알 수 없는 거라고 생각하면서.

규팔은 자신이 회사에서 어떤 일을 했고 그것들을 어떻게 팔았는지에 대해 다시 거드름을 피우며 길게 늘어놓기 시작했다. 규팔의 얘기를 듣던 성곤이 문득 물었다.

— 기억나냐. 언젠가 네가 그랬잖아. 어차피 우린 서로를 사고팔기 위해 태어난 거라고. 아직도 그렇게 생각해?

— 와이 낫. 그래야 세상이 돌아가지.

규팔이 수십년 전 마리아상 앞에서 지었던 표정 그대로 말했다. 어쨌든 규팔과의 재회로 인해 그가 깨달은 건 단순한 진리였다. 겉모습은 변해도 내면의 느낌까지 변하기란 쉽지 않다는 것이었다. 하지만 김성곤은 곧 겉모습도 내면도 변해버린 누군가와 맞닥뜨리게 된다. 그건 바로 다시 만난 캣이었다.

40

날 아직 기억해?

메일의 제목을 본 성곤의 가슴은 묘하게 쿵쿵댔다. 예

상했던 사람에게서 온 메일이었다. 성곤은 짧은 안부 인사 끝에 달린 전화번호를 바라봤다. 이유를 알 수 없는 두근거림 끝에 전화를 걸고 수화기 너머로 캣의 목소리를 듣기까지는 시간이 걸렸으며 그녀를 실제로 만나기로 결심하는 데는 약간의 용기가 더 필요했다. 이상한 주저함이, 건너뛴 시간에 대한 착잡함이 마음을 가로막았다. 하지만 성곤은 캣을, 차은향을 보고 싶었다.

캣을 만난 순간 성곤은 자신이 망설였던 이유를 알 수 있었다. 서글프게도 걱정했던 예감이 적중했다. 그 밝고 명랑하던 캣은 나이가 들어 있었다. 그토록 빛났던 그녀를 스쳐간 세월의 흔적과 혼탁한 상흔을 성곤은 애써 모른 척해야 했다.

— 잘 지냈어, 안드레아?

목소리만은 맑고 드높게 캣, 카타리나, 카트린느, 은향이 말했다.

미국 댈러스로 이민 간 캣에게는 불운이 지뢰처럼 숨어 기다리고 있었다. 아버지의 한식당에서 총기 사고가 났고, 부모의 장례를 치른 캣은 결국 대학을 졸업하지 못했다. 운명의 전환처럼 일찍 선택한 결혼은 폭력과 외도로 얼룩진 후 지난한 과정을 거쳐 이혼으로 결론 났다. 그 뒤에도 일은 잘 풀리지 않았다. 캣의 몸과 마음의 어딘가는 영원히 고장 났다. 그뒤 그녀는 다시 한국으로 역이민을 와, 지금은 영어 교사로 일한다고 했다.

— 난 오랫동안 인생이라는 것에 대해 생각했어, 안드레아.

은향이 말했다. 오랜만에 듣는 안드레아라는 이름이 성곤의 마음에 정체 모를 희미한 물결을 일으켰다.

— 모든 게 전부 운명인지, 아니면 내가 했던 행동과 생각의 결과인지 말이야. 그러다가 문득 삶은 그냥 받아들여야 하는 거라고 생각하게 됐어. 편하더라. 내 의지 같은 건 아무짝에도 쓸모가 없으니까 내가 힘쓸 이유도 없어진 거야. 그런데 말야, 몸집은 이렇게 커졌지만 늘 어딘가가 비어 있다고 느꼈어. 그러다가 네 메일을 받고, 네가 하려는 프로젝트의 영상도 보게 됐지.

메일을 먼저 보낸 건 성곤이었다. 정확히 말하자면 대학 시절 머릿속에 입력돼 지금까지 지워지지 않은 은향의 메일 주소를 적어넣고 자신의 채널 링크를 보냈다. 왜인지는 몰라도 갑자기 그녀가 떠올랐기 때문이다. 두서없는 짧은 메시지를 쓰면서도 그 결과가 27년 만의 재회라는 건 전혀 꿈꾸지 못했었다.

　은향의 말대로 인생은 어떤 행동의 결과인 걸까, 아니면 그저 알 수 없는 어떤 길로의 안내인 걸까. 성곤도 알 수 없기는 마찬가지였다.

　—안드레아, 네 마음 안엔 아직도 피어나길 기다리는 작은 싹들이 있는 것 같더라. 나도 언젠간 그런 걸 꽤 많이 가지고 있었던 것 같은데…… 그런데 지금은 어디로 다 사라진 건지 모르겠어. 내가 바라는 건 단순해. 가끔은, 아주 가끔씩만이라도 내가 원하는 방향대로 인생이 끌려오면 좋겠어. 내가 운전대를 틀면 인생도 조금은 그쪽으로 와주길 바라. 내가 핸들을 쥐고 싶어. 제멋대로 방향을 바꾸는 인생에 내가 끌려가는 것 말고. 너무 큰 목표지? 네 프로젝트에서 제시하는 건 조금 더 작고 사소하고 이루기 쉬운 것들인데……

　캣은 잠깐 말을 멈췄다. 그러더니 쓸쓸한 표정을 걷어내고 재미있다는 표정을 지었다.

　—웃긴 얘기 해줄까. 나 운전 못해. 그 광활한 미국에서 말이야. 어떻게 보면 대단하지 않아? 사실 어렸을 때 눈앞에서 차 사고가 났어. 그뒤부턴 내가 운전하는 차가 어떻게 될까봐 못하겠더라. 그후로 겪은 크고 작은 불행

들이 내 안의 두려움을 키우는 데 큰 몫을 했지. 덕분에 전남편이랑 싸우고 텅 빈 도로 한복판에서 내린 뒤에 집까지 히치하이크하면서 온 적도 있다니까. 다섯번이나 차를 바꿔 타 가면서.

그녀를 물끄러미 바라보던 성곤이 말했다.

—인생이 운전 같은 거라면, 차를 운전해봐. 적어도 네 차는 네가 원하는 방향으로, 네가 원하는 속도만큼 갈 거야. 멈추고 싶을 때 멈추고 질주하고 싶을 때 달리면서.

캣이 천천히 턱을 괴고 성곤을 바라봤다.

—그 생각을 했던 적이 분명히 있었던 것 같아. 그런데 확실히 오랜만에 해보는 생각이긴 하다.

은향, 카타리나, 캐서린, 캣이 미소 지었다.

일주일 후 성곤은 캣으로부터 문자 메시지를 받았다. 운전에 도전하기로 했다는 내용과 함께 연수 중인 자동차의 운전석에 앉아 결연하게 엄지손가락을 치켜든 사진이 첨부돼 있었다.

안드레아, 네가 하려는 것도 네가 원하는 대로 흘러가길 바라. 나도 스스로 일어서볼게. 지푸라기가 튜브가 될 때까

지! 아니, 튜브를 타고 떠오를 때까지!

캣의 메시지에서 성곤은 예전에 그녀에게서 뿜어져나왔던 기포처럼 상쾌한 에너지가 다시 되돌아온 것 같다고 얼핏 생각했다.

41

이런 놀라운 만남과 더불어 김성곤의 생활은 작다면 작게, 크다면 크게 변하고 있었다. 유튜브 구독자 수는 꾸준히 늘어갔으며 성곤이 선별한 사연의 주인공들은 다른 유저들의 응원을 등에 업고 각자의 목표를 착실하게 한단계씩 밟아나가고 있었다.

처음 사연을 보냈던 김시안은 하루에 세발자국씩 걸어 현관 앞을 거쳐 거리까지 혼자 나오는 데 성공했다. 얼굴 없이 발걸음만 찍어 올린 그녀의 영상 아래에는 응원의 댓글이 쇄도했다.

그녀가 남긴 '발걸음'이라는 글은 많은 이들의 지지를 받았다.

시도해보지도 않고 언제나 생각 단계에서 포기했던 이유는 내가 해낼 수 있을 거라는 믿음이 없어서였어요. 하지만 얼굴도 모르는 수많은 사람의 응원을 받고 서툴게나마 한발짝씩 밖을 향해 걸음을 내디딘 경험은 무엇과도 바꿀 수 없는 소중한 기억으로 남을 것 같아요.

이제 저는 지푸라기 프로젝트에서 빠지려 합니다. 어쩌면 얼마 후 또다시 방 안에만 머무는 처지로 돌아갈지도 모르죠. 하지만 한번은 용기를 내봤으니까 다음에도 다시 도전할 수 있을 것 같아요. 그때는 정말 누구의 도움도 받지 않고 혼자만의 힘으로 당당히 걸어 나오겠습니다. 제게 멋진 발걸음을 선사해주셔서, 보잘것없는 저와 연대를 이루어주셔서 감사합니다.

그녀의 작은 승리에 성곤의 가슴은 뭉클해졌다. 그 밖에도 대화 없는 관계로 아내와 사이가 멀어졌던 남자가 매일 짧은 메시지를 남겨 결국 아내의 손을 잡고, 화가가 꿈이었던 IT 개발자가 틈틈이 그려 완성한 그림을 국제 공모전에 출품하고, 네살 때부터 시작된 손톱 물어뜯는 습관을 고치지 못했던 은행지점장이 하루하루 자라나는 손톱을 사진 찍어 올리는 등, 소박하지만 절실한 계획과

실천의 기록들이 속속 업데이트됐다.

자기 자신을 그대로 바라보고 조금 더 나은 상태, 기존의 상태에서 벗어난 단계로 이동하는 변화. 이 프로젝트의 목표는 성공이 아니라 변화의 시도와 기록 그 자체였다.

성공의 반대말은 실패지만,

변화의 반대말은 아무것도 하지 않는 것.

스스로가 만든 지푸라기를 잡고 떠오릅시다!

그게 성곤의 채널에 쓰인 프로젝트 홍보 문구였다. 하지만 이대로라면 구조적인 한계는 분명했다. 참여자의 규모가 더 커지기 전에 얼른 손을 써야 했다. AI 기반의 관리가 가능한 특화된 네트워크를 구축하는 게 김성곤이 투자를 받고자 하는 핵심적인 이유였다. 계속해서 유튜브에 노출될 경우 아이템을 도용당할 위험도 있었다. 여러모로 성곤은 반드시 누군가의 투자를, 힘 있는 사람의 도움을 필요로 했다.

프로젝트 완수자가 열명이 넘은 날 밤, 김성곤은 지푸라기 프로젝트 베타테스트의 보고서를 작성하며 투자제안서를 다시 고쳐 썼다. 쓰면 쓸수록 이 프로젝트가 가진 무궁무진한 가능성에 가슴이 벅차올랐다. 이건 개인 차원을 넘어 기업과 사회 차원에서 인간을 존중하고 구원하고 손 내미는 일로까지 확장될 수 있는 일이었다.

예전에는 이런 종류의 흥분이 로켓처럼 그를 튀어오르게 했으나 지금은 달랐다. 점잖고 은근한 짜릿함이었다. 전에는 자신의 삶만 잘되면 좋겠다고 생각했지만 이제 그는 누군가의 삶을 바꾸게 할 수도 있는 어떤 것을 꿈꾸고 있었다.

김성곤 안드레아는 한때 자신이 정했던 성공이라는 기준에 아직도 한참 미치지 못했다. 좌절감과 불안함이 엄습하지 않는 것도 아니었다. 하지만 그런 생각이 들 때마다 그는 어깨를 폈고 세상을 충실하고 온전하게 감각하려 애썼다. 그런 태도가 내면의 근육을 단련시켰다.

진석은 배달을 나가는 틈틈이 작곡을 했다. 그는 온라인으로 알게 된 이들과 얼마 전 80년대 음악을 표방하는 밴드를 결성했다. 모두들 음악이 본업이 아니었기 때문에 밴드의 이름도 '틈틈이 밴드'였고 진석을 주축으로 그들은 첫번째 싱글을 내기 위해 고군분투하는 중이었다. 진석은 작곡을 하느라 오피스텔에서 밤을 지새웠고 점차 연습실로 팀원들을 만나러 가는 날이 잦아졌다.

허름한 오피스텔 구석에 마련한 작은 공간에서 젊은 꿈이 피어나는 것을 본 성곤은 묵묵히 진석을 응원했다. 진석도 성곤도 아직은 응달 안에 있었다. 하지만 가끔씩 그들이 농담처럼 주고받는 말들과 미래를 향한 시선만큼은 햇살 아래 선 사람의 것처럼 맑고 눈부셨다.

그렇게 김성곤 안드레아는 매일매일 어김없이 자전거를 타고 누군가가 먹을 밥을 배달하러, 아무도 원하지 않는 출근길을 나섰다.

음식점 사장들이 요행을 바라지 않고 정직하고 맛있는 음식을 만들길 바랐다.

이 땅의 다른 라이더들이 모두 무사하기를 바랐다.

음식을 받는 사람이 따뜻한 한끼로 행복해지기를 바랐다.

그들이 세상에 행복을 전하기를 바랐다.

그 행복을 전달받은 이들이 또다른 누군가에게 좋은 마음을 나눠주기를 바랐다.

그렇게 조금씩 생각을 넓혀가다보면 어느새 세계의 평화를 바라고 있는 자신을 발견하곤 했다.

그러다가도 여전히 거울에 비친 평범하고 초라한 중년

남자와 마주칠 때면, 투자에 일곱번 거절당한 라이더 신세인 그를 향해 멋쩍은 눈인사를 건넸다.

운명의 여신은 김성곤이 얼마나 버티나 시험하듯 팔짱을 끼고 그를 바라보고 있었다. 그 사실을 알지 못했기에 김성곤은 아무렇지 않게 하루하루를 같은 마음으로 맞이할 수 있었다. 조금씩 좋은 사람이 되는 것을 목표로 삼으면서.

42

퇴근 중이던 란희는 남편의 채널을 무심코 열었다. 내색은 안 해도 아영이가 아빠의 새로운 행보를 기대하며 응원한다는 걸 알고 있던 란희는 성곤의 지푸라기 프로젝트 유튜브 채널을 몰래 구독하고 있었다. 무심코 남편을 떠올린 란희가 역 앞에서 고개를 들었을 때 놀랍게도 눈앞에 성곤이 서 있었다. 마치 그녀의 생각이 그를 순간이동시키기라도 한 듯이.

놀라서 멈춰 선 란희 앞으로 성곤이 천천히 다가와 손에 쥐고 있던 작고 노란 걸 내밀었다. 단풍이었다. 연노란, 마치 갓 피어난 개나리처럼 초록빛이 감도는 노란 아기단

풍. 이렇게 복잡한 한여름의 도심 어디에서 그런 걸 발견한 건지 의아할 정도였다. 성곤이 태연히 말했다.

―여름인데 단풍이 피었더라.

―단풍을 피었다고 해?

란희가 물었다.

―음.

성곤이 잠깐 생각하더니 덧붙였다.

―내 눈엔 그렇게 보이네.

란희는 단풍을 가만히 받아들곤 과학자처럼 신중하게 그것을 살폈다. 그러곤 자신을 지그시 쳐다보는 눈길을 향해 물었다.

―뭘 봐?

―귀여워서.

―설마 수작 부리는 거야?

―그럴지도.

―일억만금을 줘도 모자랄 판에, 겨우 이런 노란 이파리 하나로?

―색깔은 금이랑 비슷하잖아.

성곤이 말했다. 장난기와 기쁨이 반씩 담긴 눈빛으로.

삶이 늘 그렇듯, 아침까지만 해도 전혀 예상하지 못한 일이 저녁에 벌어졌다. 란희와 성곤은 밥을 먹고 손을 잡고 서로의 허리에 팔을 두르고 입을 맞추고 그러고 나서 수줍고 뜨겁고 익숙한 밤을 보냈다. 정신을 차렸을 때 란희는 미쳤어,를 연신 중얼거리며 다시 어떤 운명의 한가운데로 진입한 걸 골치 아파했다.

성곤은 란희를 등지고 곤히 잠들어 있었다. 란희는 자신이 바라보는 게 등짝이라서 다행이라고 생각했다. 얼굴을 마주 봤다면 너무 부담스럽고 부끄러웠을 어떤 마음을, 무심한 등짝이 관대하게 모른 척해주고 있었다.

── 있잖아. 당신 눈빛이 너무 뜨겁지 않아서 다행이야. 전엔 활화산 같아서 불안했는데 지금은 촛불 같아서 편안해.

등짝이 듣건 말건 란희가 중얼거렸다. 그 말을 시작으로 란희는 꽤 감상적인 마음의 고백을 이어갔다. 성곤에게 하는 말이라기보단 그간 그의 변화를 지켜보며 느낀 마음을 정리하는 쪽에 가까웠다. 당황스럽고 두려웠음에도 불구하고 품었던 비밀스러운 응원의 마음, 가족의 의미 등에 대해 구구절절 뱉어내는 동안에도 무심한 등짝은 언제나 그랬던 것처럼 고르고 일정하게 오르락내리락했다. 란희는 어느새 눈을 감고 독백하듯 말을 이었다. 그래서 갑자기 느껴진 이상한 기운에 눈을 번쩍 떴을 때, 자신을 물끄러미 바라보는 남편 얼굴에 소스라치게 놀랐던 것이다. 엄마야, 소리를 내며 튀어 오르는 란희를 성곤이 가만히 안았다.

— 란희야.

그가 중얼거렸다.

— 나 정말 살아 있는 것 같아.

— 그래 보여.

란희는 시니컬하게 웃어넘기려 했지만 남편의 얼굴엔 처음 보는 표정이 떠올라 있었다. 아플 만큼 진지한 표정이었다.

— 아니, 진짜 진짜 살아 있는 것 같아. 모든 게 너무 생생하게 느껴져. 내 말이 믿어져? 살아 있는 게 축복 같다고.

흥분과 기쁨에 젖어 성곤이 말했다. 란희는 그 순간을 망치고 싶지 않았다. 그래서 이렇게 말했다.

— 나도 그래.

그리고, 실은 그녀도 정말 그랬다.

43

김성곤의 소소한 환희가 얼마나 오래 지속되었을까. 그러니까, 운명이 그를 계속 외면했다면 그 상태로 그는 얼마나 더 버틸 수 있었을까.

절묘하게도 아주 적절한 시점에, 다른 날보다 유독 지치고 피곤했던 어느 오후, 내려앉는 눈꺼풀을 억지로 치켜뜨면서도 거울 속 자신에게 미소를 지었던 날, 그의 앞에 운명적인 갈림길이 나타났다. 김성곤 안드레아는 몸을 던져 한쪽을 향해 달렸고 그뒤 모든 게 달라졌다.

그날은 시작부터 일진이 안 좋았다. 날은 흐렸고 도로 위는 아침부터 복잡하게 꼬여 있었다. 점심시간이 되기도 전 성곤은 열세번째 거절을 당하고 차를 돌리는 중이었다. 그 외출을 위해 옷을 차려입고 그날의 배달을 쉬었지만 그에게 돌아온 건 10분간의 미팅 후에 전해진 즉각적인 거절 의사였다. 김성곤은 어느새 불운을 확신하고 있었다. 도약을 위해 꼭 필요한 한방은 영원히 오지 않을 것 같았다.

오피스텔로 돌아가는 대신 김성곤은 부모님을 모신 교외의 납골당으로 향했다. 오랜만에 마주한 부모의 영정

앞에서 그는 참회하듯 한참을 서 있다가 한마디 인사도 건네지 못한 채 그대로 차를 몰고 돌아왔다. 마음이 무거웠고 자신감이 사그라들었다. 자신이 작고 쓸모없는 존재 같았다.

그런데 그 순간, 김성곤에게선 웃음이 새어나왔다. 피식, 하고 터진 웃음은 이내 너털웃음이 됐다. 뻥 뚫린 도로와 푸른 하늘이 눈앞에 펼쳐져 있었다. 캣에게 했던 말이 떠올랐다. 적어도 그가 운전하는 차는 직진하고 있지 않은가. 그 운전대를 쥔 건 다름 아닌 자기 자신이었고 인생이 뜻대로 되지 않아도 그는 자기만의 길을 달리는 중이었다. 그것만으로도 미소 지을 이유는 충분했다.

김성곤은 이 상황에서도 웃을 수 있는 자신이 자랑스러워서 룸미러를 슬쩍 올려다봤다. 거울 속의 남자가 꽤 괜찮아 보였다. 유일하게 아쉬운 건 그 순간을 누구와도 공유하지 못한다는 사실뿐이었다.

바로 그때, 번쩍이는 빛이 눈을 찔렀고 뒤이어 몸을 강타한 엄청난 충격에 김성곤은 정신을 잃고 말았다.

날카로운 이명이 귀를 파고들었다. 김성곤은 천천히 눈을 떴다. 거미줄처럼 쭉 팬 앞유리 너머 보이는 흐린 풍경이 심상치 않았다. 도로 위에 엇나간 채 멈춰진 1.5톤 트럭 옆으로 관광버스가 나동그라져 있었다. 오토바이 한대가 지평선 아래로 멀어지는 게 보였다. 김성곤은 이 상황을 재빨리 머릿속에서 재구성했다. 오토바이를 피한 트럭 기사가 핸들을 꺾었고 뒤이어 오던 버스가 가드레일에 충돌하며 전복됐다. 성곤은 무의식적으로 밟은 브레이크 덕에 충돌 직전 버스 후미에 앞 범퍼가 아슬아슬하게 스치는 정도로 화를 면할 수 있었다.

김성곤은 어질어질한 몸을 이끌고 밖으로 나왔다. 트럭 기사가 바닥에 엎드려 구토하고 있었고 버스에서는 수상한 검은 연기가 진하게 피어올랐다. 그 안에 있는 사람들의 모습이 보였다. 성곤의 머리는 도망가라고 명령했다. 얼른 구조대에 전화를 걸고 멀찌감치 떨어져 있으라고 지시를 내렸다. 그러나 김성곤의 몸은 이미 버스로 향하고 있었다. 출입문이 바닥에 깔려 꽉 닫힌 버스 안에서 사람들이 창문을 두드렸다. 그 안에 갇힌 사람들은 뭔가를 상징하거나 은유했다. 방에서 한발짝도 나오지 못했던 김시안이 떠올랐다. 단 한번의 손길이 누군가를 구할 수 있다는 걸 다시 증명하고 싶었다. 김성곤은 버스에 기어올라

창문 틈으로 누군가가 내민 망치를 건네받았다. 그는 온 힘을 다해 창문을 부수기 시작했다. 세명의 아이를 가장 먼저 구조했다. 이어서 아이들을 안전하게 보호할 여자 두명을 밖으로 끌어냈다. 자신을 도울 남자 두명이 창문 틈으로 나왔다. 김성곤의 얼굴 위로 검붉은 피가 땀과 섞여 흘러내렸다. 하지만 그런 사실도 모른 채 그는 다른 이들과 힘을 합쳐 좁은 틈으로 사람들을 구해냈다.

그렇게 해서 그날 그가 구한 사람은 자그마치 열여섯 명이었다.

44

이어서 벌어진 일들은 놀랍고 빨랐다. 너무 빨라서 사진 폴더를 아래로 쭉 스크롤다운한 것처럼 정신없는 일들이 연달아 벌어졌다.

이 시대는 어떠한 대가도 바라지 않는 따뜻한 마음을 원했다. 각박한 세상사에 지친 사람들이 타인을 위해 자신을 던진 사내를 영웅으로 만들고 싶어한 건 당연했다. 대참사가 될 뻔했던 아슬아슬한 사건이 크게 보도된 후, 블랙박스에 다각도로 찍힌 남자의 활약이 주목받기 시작했다. 해야 할 일을 했을 뿐이라고 말한 담담한 인터뷰는 많은 사람에게 감동을 주었고 이어서 각종 미디어가 경쟁하듯 앞다투어 그의 실체를 밝혀냈다. 남자가 직접 그려 차에 붙였던 지푸라기 프로젝트의 로고 스티커가 한 매체를 통해 공개됐고 유명 가수가 그를 작은 영웅이라 칭하며 SNS에 존경의 메시지를 올렸다. 김성곤의 이름은 실시간 이슈 키워드에 올랐고 그의 유튜브 구독자는 며칠 만에 상상을 뛰어넘는 수준으로 늘었다.

김성곤은 수많은 매체에서 인터뷰 요청을 받았으며 자연히 지푸라기 프로젝트에 대해 피력할 기회도 많아졌다. 사람들은 오랜만에 나타난 영웅과, 그 영웅이 매우 시의적절하게도 펼치려 했던 선한 의도의 프로젝트를 성공시키지 않고는 못 견디겠다는 듯 앞다투어 나섰다.

김성곤 안드레아는 파도처럼 밀려온 운에 뒤로 나자빠질 지경이었다. 그는 일곱차례 방송을 탔고 열네차례 인터뷰를 했으며, 일전에 그를 거절했던 곳들을 포함해 여러군데의 투자처에서 걸려온 전화를 받고 제안서를 비교하느라 밤늦게까지 고민해야 했다.

얼떨떨한 기분을 안고 어느 저녁 그는 오피스텔에서 진석과 제로콜라를 한잔 나눴다. 그날은 성곤과 진석이 오피스텔에서 조우하는 마지막 날이었다. 진석은 밴드 연습실에 매일 나가고 있었고, 성곤은 란희와의 뜨겁고 절절한 재회 이후 가족이 있는 집으로 다시 돌아간 터였다.

남은 짐을 빼고 집기를 정리하기 위해 오피스텔에 모인 두 남자는 감회에 젖었다. 어느새 공간의 일부가 된 아지트를 정리하던 진석이 문득 동작을 멈췄다.

—사장님. 뭔가를 정말 노력했는데 잘 안 풀리면 어떻게 해요?

진석은 틈틈이 밴드의 첫 싱글앨범 'tum-tum'의 발매를 앞두고 있었다. 진석으로서는 처음으로 세상과 부딪혀보는 것과 다름없었다. 사람과 대면하지 않는 유튜브나 합이 잘 맞는 성곤 앞에서 진석은 더없는 수다쟁이였다. 그러나 밴드 멤버들과 직접 만나 의견을 조율하는 건 진석의 성격에 여러모로 힘겨운 도전이었다. 그는 시작도하기 전에 이미 지쳐 있었다.

—겁나?

—네. 실수하고 실패할 것 같아서 겁나요. 사람한테서다시 상처받을까봐 두렵고요.

진석이 실토했다. 성곤은 천천히 고개를 끄덕였다.

—잘 들어. 딱 한번만 말할 거니까 기억해두는 편이

좋을 거야. 넌 절대로 원하는 만큼 한번에 이룰 수는 없어. 세상이 그렇게 관대하고 호락호락하지가 않으니까. 근데 말이지, 바로 그만두는 건 안 돼. 일단 안 돼도 뭔가가 끝날 때까지는 해야 돼.

── 언제까지요?

── 끝까지.

── 끝이 언젠데요.

── 알게 돼. 누가 말해주지 않아도. 상황이 끝나든 네 마음이 끝나든, 둘 중 하나가 닥치게 돼 있으니까.

── 그다음엔 어떻게 해야 하는데요?

── 다시 시작해야지. 네가 서 있는 바로 그 자리에서부터 다시.

── 뭘요?

── 되는 것부터. 너 스스로 할 수 있는 것 중 되는 것부터. 운동이든 공부든, 책을 읽는 거든. 하다못해 나처럼 등을 펴는 게 됐든. 너 혼자 정해서 너 스스로 이뤄낼 수 있는 것부터.

진석이 느리게 고개를 끄덕이더니 오피스텔을 쓱 둘러봤다.

── 그동안 고마웠어요. 여긴 제 둥지 같은 곳이었어요.

— 이제 부화해야지, 너도 나도.

— 네, 그래야죠.

진석이 눈을 빛내며 미소 지었다. 성곤은 벽에 붙은 자세 교정 사진을 하나하나 떼기 시작했다. 이 사소하고 보잘것없어 보이는 행위가 그를 여기까지 데려다주었다고 생각하자 무언가 몹시 겸허한 마음이 들었다.

하지만 거기서 끝이 아니었다. 마지막 사진을 떼기 직전, 김성곤 안드레아에게 전화가 한통 걸려왔다. 전화벨 소리는 뭔가를 경고하듯 텅 빈 공간을 가득 메웠다. 김성곤은 테이블에 놓인 전화를 향해 다가갔다. 박규팔, 야곱으로부터의 전화였다. 전화를 받은 김성곤은 점점 얼음처럼 굳어져갔고 응,이라는 말만 연발하다 멍한 표정으로 전화를 끊었다.

— 뭔데요?

수상한 낌새를 느낀 진석이 바짝 다가와 물었다.

— 만나재.

— 누가요?

허, 허, 성곤은 헛웃음만 날릴 뿐 아무 대답도 하지 못했다. 언뜻 보면 허탈해 보이기까지 할 정도로 입에서 바람이 슉슉 새어나왔다.

—날, 나를, 만나고 싶대…… 지푸라기 프로젝트에 대해서 듣고 싶대……

—아, 그러니까 누가?

진석은 끝에 요자를 붙이는 것도 잊고 성곤을 재촉했다.

—글렌, 굴드가.

성곤이 말했다.

45

김성곤은 인공미와 자연미가 기막히게 조화된 노넷 사옥으로 들어섰다. 어쩌다 노넷의 주가만 살폈지 노넷의 한국지사 건물에, 그것도 한국을 깜짝 방문한 창업주를 만나러 오게 되리라는 건 성곤의 상상을 한참이나 뛰어넘은 일이었다. 미리 그를 마중 나온 규팔을 바라보며 성곤은 혀끝을 살짝 깨물었다. 너무 믿기지 않아 몸이 쪼그라드는 것 같았다.

호텔을 연상시키는 로비와 VIP 라운지를 지나 김성곤은 투명한 엘리베이터를 타고 위로 올라갔다. 별다른 용도가 느껴지지 않는, 마냥 희기만 한 공간을 한참이나 걷고 나자 멀찌감치 떨어져 있는 소파 위에 어떤 여자가 앉아 그를 기다리는 모습이 보였다. 뉴스와 미디어에서 익히 보아온 노넷 코리아의 대표 권차연이었다. 권차연이 반가운 듯 몸을 일으켰다. 이미 성곤을 잘 알고 있다는 듯 그녀의 표정에는 격의가 없었다. 짧은 인사를 나눈 뒤 권차연은 몸을 비켜 뒤에 앉아 있던 누군가를 소개했다.

자신 있는 미소, 복사해서 붙여 넣은 것처럼 한 치의 흐트러짐도 없는 태도. TV에서 본 것과 정확히 똑같은 헤어스타일. 자기 자신을 늘 같은 모습으로 유지하는 게 스스로를 경영하는 방식이라고 말하던 기이한 남자. 글렌 굴드였다.

이제 성곤이 느끼는 비현실감은 극에 달했다. 건물에 들어온 직후 그를 사로잡은, 마치 가상현실에 접속한 것 같은 기분도 글렌 굴드를 보자 최고조에 이르렀다. 하지만 성곤은 바로 그 생경한 기분을 이용하기로 했다.

─안녕하세요, 김성곤 안드레압니다.

성곤이 서툰 영어 발음으로, 그러나 씩씩한 목소리로 먼저 악수를 청했다. 글렌 굴드가 그의 손을 맞잡으며 어깨를 두드렸다. 이미 두 사람 간의 경계는 허물어졌고, 글렌의 표정에서 성곤은 자신이 첫번째 관문을 무사히 통과했다는 걸 확신할 수 있었다.

글렌 굴드는 노넷이 새롭게 손댈 커뮤니케이션 사업에 대해 고민하던 중, 우연히 보게 된 김성곤의 영상에서 영감을 받았다고 말했다. 규팔이 은근슬쩍 끼어들어 권차연에게 성곤을 소개한 건 자신이었다며 스스로의 공로를 강조했다. 대화는 자연스럽게 이어졌다. 영어로 얘기하는데도 누군가가 동시통역을 해주기라도 하듯 성곤은 자신이 글렌 굴드의 말을 거의 다 알아들을 수 있다는 게 신기하기만 했다.

조금 후 두명의 셰프가 바퀴가 달린 엄청나게 큰 테이블을 그들 앞으로 내왔다. 어느새 김성곤은 규팔과 권차연, 그리고 글렌 굴드와 함께 난생처음 먹어보는 고급스러운 점심식사를 하고 있었다. 글렌은 진지하게, 하지만 대부분 미소를 띠고 성곤의 이야기를 경청했으며 건너편에 앉은 성곤의 잔에 간간이 와인을 따라주었다. 성곤은 이 게임의 끝까지 가보겠다는 생각으로 마음을 다잡았다. 디저트 접시가 테이블에 닿을 때까지도 성곤은 지푸라기 프로젝트에 대한 열변을 멈추지 않았다. 갑자기 글렌 굴드가 지쳤다는 표정을 지으며 고개를 저었다.

—참 말이 많군요, 당신. 그 정도면 얘긴 충분해요. 이

제 조용히 디저트를 즐기고 싶은데요.

갑작스러운 반응에 김성곤은 입을 닫았다. 규팔과 권차연도 덩달아 심각해졌다. 1분가량 아무런 이야기도 오가지 않았고 성곤은 고문 같은 침묵을 견디며 억지로 디저트를 입으로 가져갔다. 글렌 굴드는 레몬 케이크의 마지막 조각을 우물거리더니 샴페인으로 요란하게 입을 헹궜다.

— 같이 합시다.

그가 말했다.

— 예?

성곤이 놀라 물었다. 글렌 굴드의 말투는 마치 짬뽕, 짜장 중에 짜장으로 하시죠,처럼 지극히 일상적이었다. 이런 식의 결정은 미디어에서 그토록 떠들어대던, 까다롭기로 유명한 글렌 굴드식 투자법이 아니었다. 사전에 미리 얘기된 결정이 아니었는지 규팔과 권차연의 얼굴에도 놀란 기색이 역력했다.

— 난 당신을 만나기 전 이미 확신했어요. 만남은 내 확신이 맞는지 확인하는 과정일 뿐이었죠. 당신의 이야기는 충분히 설득력 있고 난 감명을 받았어요. 아, 마음에 안 들면 안 해도 됩니다. 물론 하는 게 아주 약간은 낫겠지만요.

글렌 굴드가 약간,을 강조하는 장난스러운 제스처를 취하며 말했다. 김성곤 안드레아는 손바닥을 허벅지에 문질러 땀을 닦아냈다. 그러곤, 어쩌면 모든 걸 망칠 수도 있을 질문을 기어이 입 밖으로 냈다.

　—하지만, 왜죠?

　글렌 굴드의 눈이 잠깐 커졌다. 그가 의자에 기댔던 몸을 천천히 몸을 일으켰다.

　—누구에게도 하지 않은 얘길 당신에게 해드리죠. 어린 시절, 그러니까 대여섯살 때쯤 난 실수로 지하 다락방에 갇힌 적이 있어요. 집엔 아무도 없었고 사방은 깜깜했죠. 보이는 건 어두운 계단뿐이었어요. 하지만 난 너무 어려서 그 캄캄한 계단 위로 올라가야 빛이 있는 바깥으로 나갈 수 있다는 생각을 아예 하지 못했어요. 몸을 움직이는 것만으로도 두려웠으니까요. 한동안 그렇게 웅크려 있었는데, 갑자기 간단한 아이디어가 떠오르더군요. 그 생각을 깨야겠다고 말입니다. 그뒤 내가 한 일은 아주 간단해요. 그냥 어둠을 헤치고 계단까지 달려간 후 그 위로 성큼성큼 올라가 벌컥 문을 열었어요. 그리고 무슨 일이 벌어졌을까요. 문이 열리더군요. 그것도 아주 쉽게 말입니다.

　글렌 굴드는 잠깐 말을 멈췄다.

─사실 이 얘긴 지금까지도 떠올리는 것만으로 몸서리쳐지는 트라우마입니다. 그 어린아이가 무시무시한 어둠 속에서 만들어낸 먼지 괴물과 희끄무레한 유령들이 어찌나 생생했는지, 아직도 그것들이 때때로 꿈속에 나타나서는 날 움츠러들게 하니까요. 그렇지만 여전히 나는 틀을 깨고 나와야 한다는 걸 변치 않는 삶의 모토로 삼고 있습니다. 그리고 당신은 내가 오랫동안 잊고 있던 걸 떠올리게 했어요. 진심으로, 당신은 내 마음을 움직였습니다. 당신 같은 사람은 별로 없거든요. 어쩌다가 영웅이 되는 사람은 많죠. 하지만 마음먹은 걸 끝까지 실행하고 자신이 얻은 진리를 사업적인 아이디어로 승화해 남들과 나누고 싶어하는 사람은 정말 드물고 귀해요. 당신의 생각은 이 세상에 영향을 미칠 만한 자격이 충분합니다.

당신과 친구가 되고 싶습니다. 특히 방금 나한테, 눈을 동그랗게 뜨고 이 괴상한 얼간이에게 사기당하는 건 아닌가 하는 표정으로 왜,라고 물었다는 점에서요.

김성곤은 앞에 놓인 딸기 케이크를 내려다봤다. 초콜릿으로 뒤덮인 딸기 케이크 위에 금가루가 무지개 모양으로 흩뿌려져 있었고, 접시 위쪽에 세방울 떨어진 초콜릿 시럽이 우연한 정삼각형을 만들었다. 그는 그것을 눈에 새기듯 뚫어지게 바라봤다. 그 딸기 케이크는 그날의 상징이 될 것이었으니까.

46

그날 저녁 집으로 돌아오는 길에 김성곤은 사람이 보이지 않을 때마다 포효했다. 자신을 휩싼 감격을 도저히 담아둘 수가 없어서 그는 기회가 될 때마다 몸을 떨고 고함을 쳤다.

전에도 그런 적이 있었다. 절망이 너무 깊어 그걸 표현하지 않고는 버티지 못할 때 그는 땅을 치며 오열했었다. 지금 정확히 반대의 감정으로, 속에만 감춰두기엔 너무 버거운 크기의 기쁨이 그를 생생하게 뒤흔들었다. 그간의 지난했던 여정을 인정받고 보상받는 것 같아서 김성곤은 손을 떨고 입술을 깨물며 서럽게 울었다.

란희는 화초에 분무기로 물을 주던 참이었다. 그래서 벌컥 문을 열고 들어온 김성곤을 괴한으로 오인해 분무기를 총처럼 들어올리며 헛되이 자신을 방어하려 했다. 성곤이 벌건 얼굴로 울먹이며 무릎을 꿇었을 때 란희는 이번엔 또 어떤 재앙이 찾아왔길래 이러나 싶어 숨을 참아야 했다. 그가 몰아치듯, 흐느끼는 숨결에 섞어 믿을 수 없는 이야기를 털어낸 후에야 란희는 다잡았던 숨을 몰아쉴 수 있었다.

　　─이 장면을 위해 여기까지 왔어.

　그녀의 남편이 흐느꼈다.

　　─이걸 위해서, 바로 이걸 위해서……

　성곤의 마지막 몇마디는 울음에 잠겨 제대로 들리지도 않았다. 란희는 떨어뜨릴 뻔했던 분무기를 침착하게 테이블 위에 올려놓았다. 그러고는 무릎을 굽혀 자신 앞에 엎드린 성곤을 꼭 안았다.

　　─당신이 정말 미웠어. 아직도 미워. 근데 인정할 수밖에 없더라. 당신이 정말로 애쓰고 노력한 것만큼은.

　란희가 중얼거렸다.

　　─당신이라는 사람에게 일어나야 할 일이 일어난 거야.

　그 말은 진심이었다. 물론 여전히 그녀는 남편으로 인해 겪은 고난과 상처를 떠올리고 싶지조차 않았다. 그러나 란희의 가슴속에 성곤을 향한 마지막 빛이 꺼지지 않았던 건 상처와 실패로 얼룩진 길 위에서도 그가 멈추지 않고 행했던 고군분투와, 그의 깊은 곳에 숨어 있는 순수

234

하고 선한 마음을 알고 있기 때문이었다.

　부부는 문 뒤에서 그들을 훔쳐보던 아영이와 눈이 마주쳤다. 성곤은 아영이를 향해 다가갔고 아영이가 먼저 몸을 던지듯이 아빠에게 안겼다. 얼싸안은 부녀에게 란희가 팔을 두르자 셋은 하나로 뭉친 커다란 덩어리가 되었다. 누군가가 그들을 억지로 떼놓는다고 해도, 접어서 오린 종이 가족처럼 서로를 잡은 손만은 이어져 있을 것 같았다. 완벽한 순간이었다.

47

　이어서 일어난 일들은 정신없고 마법 같았다. '선량한 영웅, 글렌 굴드와 손잡다.' 그런 타이틀 아래 김성곤이 글렌 굴드와 함께 찍은 사진들이 뉴스를 장식했다.

　성곤의 스토리는 드라마로서 손색이 없었다. 암흑으로 가득한 끝이 보이지 않는 터널에서 빠져나와 시민 영웅이 되고 우연히 한국을 방문한 글렌 굴드와 투자 협약을 맺게 된 그의 이야기는 세간의 화제가 되기에 충분했다. 김성곤의 인생은 재조명됐고 진석의 유튜브에 출연했던 자세 펴는 곰돌이 사진도 '이제 와 다시 보는 김성곤 안드레아의 시간' 따위의 제목으로 여기저기 밈이 되어 떠돌았다.

사람들은 김성곤에게 열광했다. 성곤은 티비쇼에 나와 자신의 인생담을 펼쳤고 그의 실패한 과거들은 훈장이 되었다. 김성곤 안드레아는 이 절망과 불운의 시대에 꼭 필요한 사람이었다. 세대를 뛰어넘은 진석과의 우정 또한 화제가 되며 틈틈이 밴드의 유니크한 노래들과, 그들의 타이틀곡「지푸라기 tum tum」도 덩달아 인기를 끌기 시작했다.

지푸라기 프로젝트는 글렌 굴드와 노넷의 자본을 등에 업고 착착 진행됐으며 김성곤 안드레아는 지푸라기 프로젝트의 대표라는 직함을 얻게 됐다. 개발자들이 투입됐고 촘촘한 시스템과 관리에 대한 회의가 밤새 이어졌다. 노넷은 그들이 인수한 포털사이트의 한 꼭지에 지푸라기 프로젝트를 노출했다. 수많은 사람들이 자신들의 삶을 더 나은 방향으로 이끌어줄 이 프로젝트에 관심을 보이며 앱을 다운로드해, 미션 도전자인 '지푸라기' 혹은 응원자인 '튜브'의 신분으로 참여했다.

김성곤 안드레아는 이제 더이상 두툼한 뱃살과 구부정한 어깨를 가진 평범한 중년 남자가 아니었다. 그는 성공한 사람이었다. 쌓여왔던 빚은 햇볕에 말린 듯 한순간에 말끔하게 사라졌고 김성곤에게는 반짝이는 새집과 더욱 반짝이는 새 차와 더더욱 반짝이는 할리데이비슨이 생겼다. 그의 얼굴엔 미소와 여유가 넘쳤다. 삶은 달콤하고 환상적이었다.

밤에 침대에 누우면 김성곤은 이 상태가 어느 정도나 지속될지 궁금해하다 잠들었다. 왠지 모를 옅은 불안감이 서린 궁금증이었다. 그러나 그는 곧 그런 생각조차 할 수 없게 됐다. 삶은 그가 주체할 수 없을 만큼 속도를 높였고, 이제 그의 시야에 있는 풍경이 전부 바뀌었기 때문이다. 김성곤이 비현실적일 정도로 충격적인 행복으로 받아들였던 것들은 점차 공기처럼 당연한 일상이 돼갔다. 돈은 행복의 실현 수단이 아니라 빠르게 늘거나 줄기를 반복하는 숫자가 됐으며 그가 져야 할 책임은 그보다 곱절로 빠르게 크고 무거워졌다.

삶의 가장 큰 딜레마는 그것이 진행한다는 것이다. 삶은 방향도 목적도 없이 흐른다. 인과와 의미를 찾으려는 노력이 종종 헛된 이유는 그래서이다. 찾았다고 생각한 정답은 단기간의 해답이 될지언정 지속되는 삶 전체를 꿰

뚫기 어렵다. 삶을 관통하는 단 한가지 진리는, 그것이 계속 진행된다는 것뿐이다.

영원할 거라 생각했던 김성곤의 행운도 삶의 진행 속에서는 속수무책이었다. 구름이 우연히 빚어낸 신의 형상을 바람이 금세 뭉개버리는 것처럼, 짧고 허망하게 모든 것이 사라졌다.

김성곤 안드레아에게 찾아온 운은, 물론 그가 일군 것이기는 했으나 혼자서 감당하기엔 너무 갑작스럽고 컸다. 함께 손잡고 뛰는 사람도 너무 많았다. 처음부터 자신보다 훨씬 힘이 강한 사람의 손을 잡았던 건 단기적으로는 행운이었으나 장기적으로는 다만 불운의 시작일 뿐이었다. 불행히도 김성곤은 갑자기 닥친 운의 충격파에 자신의 내면이 깨어지고 있는 것을 눈치챌 만큼 현명하지는 못했다. 그 사실을 인지하기에 그는 너무 순진하거나 아둔했다. 그렇게 그는 다른 이들처럼, 순식간에 달라져버린 일상에 취해 정신없이 허우적댔다.

뻥 뚫린 고속도로를 질주하던 김성곤은 갑자기 나타난 커브길에서 핸들을 잘못 틀었다. 울퉁불퉁한 비포장도로가 이어졌고 작은 장애물과 싱크홀이 속출했으나 그는 속도를 줄이지 못했다. 김성곤은 위기로 점철된 짧은 구간을 지나고 나면 다시 직진 도로가 나타날 거라 생각하고 이를 악물었다. 그러나 결국 그는 불현듯 나타난 낭떠러지 아래로 추락하고 말았다. 모든 불운의 원인은 함량 미달의 미숙한 운전자에게 전가됐다.

그렇게 한순간에, 마치 후루룩 넘겨버린 책장처럼, 김성곤 안드레아가 맞이했던 성공의 챕터가 끝났다.

4부

악수

48

그리하여 이제 우리는 2년 후의 김성곤 안드레아를 보고 있다. 그는 어두운 거실 소파에 누워 텔레비전에서 흘러나오는 예능 프로그램을 본다. 푸석한 피부에 거친 머릿결, 화면을 보고 간간이 웃음을 터뜨리지만 화면이 꺼지면 바로 사라질 공허한 웃음이다.

지푸라기 프로젝트는 아직도 유효하지만 이름이 바뀌었고 그 운용 방식은 대놓고 상업주의를 표방한다. 그리고 김성곤은 실업 상태다. 대표가 되고 난 뒤 반년도 지나지 않아 벌어진 일이다.

투자금이 유입되어 근무 인력이 늘고 마침내 지푸라기 프로젝트가 정식으로 론칭한 직후 김성곤은 이상한 느낌에 사로잡혔다. 아래로 갈수록 점점 좁아지는 나선형 계단을 따라 급히 하강하는 것 같았다. 맨 아래에 다다랐을 때 혼자일 거라는 사실을 그는 알고 있었다. 하지만 동시에 설마, 하는 마음을 버리지 않았다. 스스로를 위로하기 위한 설마였다. 이렇게 애썼는데 설마. 이렇게 마음을 썼는데 설마. 인생이란 게 아무리 종잡을 수 없다지만 그래도 설마.

김성곤에겐 이렇게 커다란 일을 책임질 만한 경영 능력이 없었다. 지푸라기 프로젝트는 김성곤에게서 출발한 기획이었고 그는 운 좋게 선한 영웅의 이미지를 입고 대표의 직함을 얻을 수 있었으나 한계는 명확했고 시장의 논리는 냉혹했다. 김성곤은 일종의 바지사장이었다. 그는 이 프로젝트의 홍보를 위해 잠깐 자리를 맡게 된 것뿐이었다.

새로 뽑힌 직원의 상당수는 지푸라기 프로젝트에서의 경력을 발판으로 노넷에 입사하기를 원하는 이들이었다. 김성곤은 그들이 쓰는 용어를 몰라 허둥댔고 직원들이 그에 대해 화장실에서 수군대는 소리를 들었다. 출근해 있는 동안 그는 가시방석에 앉은 기분으로 하루하루를 버텼다. 그를 대신할 전문가들이 하나둘 늘어가기 시작했다.

그동안에도 프로젝트는 꽤 성공적으로 순항했고 참여자들도 늘어갔다.

하지만 어느 날, 회의에서 지푸라기 프로젝트의 이름을 '어 번치 오브 스트로스'(A bunch of Straws)로 바꾸자는 의견과 더불어 세부 사항을 보다 더 상업적으로 전환하자는 안에 성곤이 강하게 반발하면서 그가 예견했던, 어쩌면 내부의 모두가 바랐을지 모르는 일이 벌어졌다. 험악한 말들이 오갔고 누군가가 성곤을 지푸라기로 만든 허수아비 같은 존재라고 맹공격했다. 성곤은 자리를 박차고 나왔다.

몇시간 뒤 그는 마음을 가라앉히고 다시 회의실로 향했다. 그러나 이미 회의는 김성곤 없이 진행되고 있었다. 다시 회의실에 입장하려는 성곤을 막은 건, 어디선가 갑자기 나타난 규팔이었다. 길다면 길고 짧다면 짧았던 얘기 끝에 규팔은 이렇게 말했다.

─친구니까 있는 그대로 얘기할게. 네 역할은 여기까지인 것 같다.

김성곤은 너무 놀라 입을 벌렸다. 규팔의 침착한 목소리를 듣자, 그 결정이 윗선에서 진작에 끝났다는 걸 눈치챌 수 있었다.

—어차피 너도 알았을 거야. 네가 계속 맡긴 어려웠다는 거.

　—그래도 이건 내가 생각한 방향과 너무 달라. 방향성이 바뀌면 전부 다 달라지는 거야. 가치까지 변한다고. 이건 나한테서 나온 아이템이잖아.

　김성곤이 가슴을 치며, 떨리는 입술로 말했다. 규팔이 피곤하다는 듯 빠르게 고개를 끄덕였다.

　—그렇지, 맞아. 네 거였지. 근데 네 생각이 얼마짜리일 것 같아? 생각보다 그렇게 비싸진 않을 거야. 솔직하게 얘기해줘?

　닫힌 문 뒤에선 회의가 이어지고 있었다. 그 앞에 서서 성곤을 막고 있는 규팔은 어린 시절 돈을 받고 빵과 포도주를 팔던 야곱과 정확히 같은 사람이었다.

　—넌 아직도……

　성곤이 숨을 몰아쉬었다.

　—모든 게 사고파는 논리로만 돌아간다고 생각하냐?

　규팔이 잠깐 눈썹을 올렸다가 내렸다.

　—기본적으로.

　그가 대답했다. 그제야 성곤은 규팔을 다시 봤을 때 느꼈던 기시감, 변해버린 겉모습과 상관없이 어린 시절과 조금도 변하지 않은 느낌의 정체가 무엇인지 알 수 있었다.

그리고 김성곤 안드레아는 오래전 그날처럼 문밖에 서서 안에서 일어나는 일에 대해 승복해야 했다.

며칠에 걸쳐 세부 사항을 조율하고 합의에 따른 절차를 거친 후 김성곤은 건물을 나섰다. 모든 명분이 합리적으로 만들어졌고 서류의 세세한 조항에 성곤의 동의 사인이 하나하나 날인됐다. 그럼에도 아니 그래서 더욱, 성곤은 진정으로 패배했다고 느꼈다. 뒤를 돌아보자 철벽처럼 견고하고 위용이 넘치는 웅장한 건물이 서 있었다. 그 안에 잠시 있었던 자신의 사무실로 이제 그는 다시 돌아갈 수 없을 것이었다.

김성곤은 자신을 친구라고 칭했던 글렌 굴드를 떠올렸다. 글렌 굴드는 마치 세상 전부를 자신의 놀이터로 만들려는 듯, 여전히 다양한 사업 아이템을 찾아 헤매고 이런 저런 일들을 벌였다. 그는 새로 손을 잡게 된 사업 파트너들 모두에게 '친구'라는 단어를 썼다.

성곤은 비즈니스의 세계에서 잠깐 이용당한 괜찮은 놀잇감이었다. 하지만 그의 유효기간은 끝났고 그렇게 김성곤 안드레아는 폐기 처분됐다.

49

뭔가가 완전히 망가졌다는 생각은 사람을 자포자기하게 만든다.

틀렸다. 모든 게 늦었다. 나이를 먹었고, 그렇게 노력해서 꽃피웠던 열정도 실패로 반증됐다. 내면의 누군가가 성곤에게 속삭이기 시작했다. 넌 인생을 잘못 산 거라고.

지겨웠다. 견딜 수 없을 만큼 삶이 지긋지긋했다. 그렇게 아등바등 애써서 잘된다고 한들 뭐가 달라진단 말인가. 그 굴곡과 다사다난함을 겪고 나서, 운이 좋으면 얻어지는 게 뭔데. 돈? 어차피 세월에 닳아 없어질 걸 잔뜩 소비하다 아무도 찾아주지 않는 노년을 맞이하겠지. 픽 비웃음이 새어나왔다. 평화롭게 늙을 때까지 인생이 자신을 가만히 내버려둘 거라는 생각조차 들지 않았다.

김성곤은 자포자기한 마음으로 생각했다. 인생이 그렇게 사악하고 잔인한 거라면 나도 인생에 대항할 필요가 없는 것 아닌가. 어차피 지는 게임이라면 주어진 기간 동안만이라도 내가 가장 편한 대로 사는 게 덜 고통스럽지 않을까.

그렇게 악수에 악수를 거듭하며 서서히 무너져가는 김성곤에게 삶은 아주 쉽고 간단한 명령을 내렸다. 속삭이

듯 반복적으로 말이다. 맞아. 네 말이 맞아. 그러니까 원래 대로 돌아가. 원래의 너대로.

그는 그 속삭임을 거역하지 못했다.

50

김성곤은 몇개월 동안을 집 밖에 나가지 않았다. 처음 엔 말이 없어졌고 조금씩 사나워졌으며 결국엔 표정도 말 투도 난폭해졌다. 침묵으로 그를 묵묵히 견뎌내는 란희의 태도는 흡사 어떤 임계점을 기다리기라도 하듯 어딘가 신 경질적으로 느껴졌다. 그 사실이 그를 더욱 견딜 수 없게 만들었다. 김성곤 자신도 스스로가 뭘 바라는지 도통 알 수 없었다. 그는 아무도 들어올 수 없는 동굴 안에 몸을 웅크린 채 동굴 바깥에 있는 사람들의 관심을 갈구했고, 그러면서도 누군가가 동굴 안쪽으로 고개를 기웃거리기 라도 하면 기름통에 라이터를 던진 듯 폭발하곤 했다.

어느 날 참다못한 란희가 그에게 말을 걸면서 고요의 동굴은 파국으로 치달았다. 언제까지 그럴 거냐고, 보고 있는 사람도 견디기 힘들다는 란희의 말에 어떻게 대꾸 했는지 성곤은 잘 기억이 나지 않았다. 절대 해서는 안 될 말들을 결코 해서는 안 되는 방식으로 뱉었다는 것만 어렴풋이 떠오를 뿐이었다. 정신을 차렸을 때 란희는 바들바들 떨며 눈물을 흘리고 있었다.

—년 절대 안 변해. 변했다고 착각했겠지만 남을 속이고 스스로를 속여가면서 용케 그런 척한 거야. 근데 당신은.

란희가 숨을 몰아쉬었다. 성곤은 이어진 그녀의 말을 머릿속에서 음소거했다. 그는 알고 있었다. 지금이라도 실수였다고 말한다면 란희가 용서해줄 거라는 사실을. 그저 참회하고 또다시 노력하면 뭔가가 달라질지도 모른다는 걸.

그러나 그 방법을 선택하지 않은 것도 그의 의지였다. 그는 자신의 본성을, 그의 타고난 기질이 가라고 지시하는 방향대로 갈 작정이었다. 절대 굽히고 싶지 않았다. 후회한다고 인정하기도 싫었다. 세상을 향해 그토록 굽신거린 걸로 모자라, 집안에서까지 굳이 힘과 공을 들여 몸을 낮추라고? 성곤은 란희가 그런 걸 강요하고 있다고 생각했다.

—가. 나가. 나 혼자 둬.

김성곤이 인생을 저주하며 소리쳤다. 그 순간 그는 방

에서 나온 아영이와 눈이 마주쳤다. 이제 완전히 아이의 티를 벗은 열일곱의 아영이와. 언젠가, 2년 전에도 방에서 나온 아영이와 눈이 마주친 적이 있었는데. 그땐 눈물을 흘리며 감격의 포옹을 했던가.

어떤 복잡한 기분이 순간적으로 비친 헤드라이트처럼 김성곤의 마음을 스치고 지나갔다. 그러나 김성곤의 표정은 그 순간에도 변하지 않았다. 마냥 피로했다. 지금 우주에서 가장 중요한 건 자신의 고단함뿐이었다.

순식간에 집이 텅 비고 그는 홀로 불 꺼진 거실에 남았다. 그 상태로 며칠이 흘렀고 누구도 그에게 연락하지 않았다.

51

이 일련의 사건을 통해 성곤이 깨달은 건 삶의 불가해함과 고정성이었다.

행운이 사고처럼 다가와 누군가를 마취시키면 불행이 여기 내가 있다고 선언하며 닥쳤다. 행운이 수고했지, 애썼어,라고 짧은 위로를 건네고 나면 불행이 그럼 이건 어때,라며 단계와 강도를 높여 삶이라는 벽을 넘으려는 자들을 깊은 골짜기 아래로 떨어뜨렸다.

몇번의 밤과 낮이 흐르는 동안 성곤의 마음속에는 왜인지 진석이 떠올랐다. 진석과 연락이 끊긴 지도 벌써 1년이 넘은 상태였다. 진석의 첫 싱글앨범은 잠깐 인기를 끌었으나 그뿐이었다. 무슨 이유에서인지 틈틈이 밴드는 와해됐고 그후 다시 유튜브 계정을 연 진석에게 사람들은 그다지 호의적이지 않았다. 진석이 특별히 잘못한 건 없었다. 그저 대중이 싫증 내지 않을 만큼 그가 매력적이지 않았을 뿐이었다. 새롭고 참신해서 좋아한다는 메시지 대신, 지겹고 질리니까 꺼지라는 악플들이 달렸다.

진석이 유튜브 계정에 남긴 마지막 영상은 당분간 방송을 중단하겠다는 메시지였다. 사람에게 치이고 악의적인 댓글로 정신적 트라우마를 겪고 있다고 말하는 진석의 얼굴에는 깊은 그늘이 드리워져 있었다. 피자가게에서 아싸라고 따돌림받았던 바로 그 회색빛 그늘이었다.

김성곤의 입안으로 쓴맛이 밀려들었다. 왜 이 모양인 걸까. 왜 아무것도 변하지 않고 그대로인 걸까. 왜 결국 처음과 같아지고 왜 결국 허사가 되고 왜 그냥 다 이렇게 원래대로 개판이 되고 마는 거지.

어쩌면 그 해답은 란희가 마지막으로 남긴 말에 담겨 있는지도 몰랐다.

—그거 알아? 정말 어려운 건 힘든 상황에서도 어떤 태도를 지켜내는 거야. 난 당신이 그걸 해낸 줄 알고 응원했어. 진심으로 노력해서 결국 바뀌었다고 생각했지. 근데 당신은 허영에 빠져 자만한 거였고 나도 내가 믿고 싶은 대로 착각한 것뿐이었어. 잠깐은 모든 게 잘돼간다고 생각했겠지. 상황 좋고 기분 좋을 때 좋은 사람이 되는 건 쉬워. 그건 누구나 할 수 있는 거라고. 그런데 바쁘고 여유 없고 잘 안 풀리니까, 당신은 바로 예전의 당신으로 되돌아갔지. 그러니까 당신은 전혀 변하지 않은 거야. 넌 끝까지 그냥 원래의 너 자신일 뿐이라고.

반박할 수 없는 말이었다. 그리고 이제 김성곤 안드레아는 혼자였다. 아무도 없는 공간에 공허한 가슴을 안고서 명백한 원점, 불행과 불운의 원점 위에 서서 말이다.

모든 것이 믿을 수 없을 만큼 조용했다. 폭풍우가 지나간 뒤의 바다처럼 적막했다. 김성곤은 무언가를 확인하고 실행하기 위해 몸을 일으켜 무거운 발걸음을 내디뎠다.

거리의 사람들은 바쁘게 걸어 다녔다. 소음과 웃음소

리, 작열하는 태양 볕도 전과 같았다. 김성곤은 정처 없이 걸으며 긴 시간 동안 기울였던 노력을 반추했다. 작고 보잘것없는 시도로 인생에 맞서려 했던 자신이 너무 초라해서 우스웠다.

순식간에 해가 지고 깜깜한 밤이 찾아왔다. 김성곤 안드레아는 어느새 서울역에 도착해 있었다. 그가 확인하고자 하는 것들이 거기 있었다. 텅 빈 역사와 썰렁한 공기가 익숙했다. 마치 잘 정돈해놓은 진열장 안 인형들처럼 모든 것이 있어야 할 자리를 변함없이 채우고 있었다. 여전히 노숙자는 노숙자의 자리에, 외로운 행인은 외로운 행인의 자리에, 뉴스를 차지하는 자는 텔레비전 속에 있었다. 아무런 노력도 필요 없다는 듯 다 그대로였다. 모두가 있어야 할 곳에 있어야 하는 모습으로 자리했다.

안정된 풍경을 깨고 틈을 내 다른 세계로 진입하는 사람도 있었다. 김성곤도 잠시 그랬다. 하지만 그는 곧 튕겨져나왔고 다시 그에게 제일 어울리는 상태에, 가장 어울리는 모습으로 서 있었다. 우주의 질서에 대항해 발버둥쳐봤자 원래대로 돌아오려는 성질을 이기지 못한 자는 패배했다. 김성곤은 그 점에서 흔한 루저일 뿐이었다. 대부분의 사람이 그렇다는 사실은 위안이 되지 못했다. 대부분의 사람과 달라지기 위해 살아온 것이 아닌가.

　단순한 비밀을 깨닫고 난 김성곤은 퀭한 눈으로 주변을 한바퀴 둘러봤다. 전과 변함없이 술병을 쥔 노숙자와 틀어진 텔레비전 뉴스를 크게 장식한 누군가의 얼굴은 그에게 뭔가를 자각시켰다. 이제 김성곤은 그가 진작 갔어야 할 곳으로 떠나야 했다.

　그렇게 김성곤 안드레아는 다시 강물 위에 섰다. 이 이야기가 시작된 바로 그 지점 말이다. 그는 술을 잔뜩 마신 상태였고 그래서 그가 보는 세상 역시 강물처럼 물기에 차 출렁거렸다. 지금에 와서 그가 느끼는 절망은 짙게 넘실거린다기보단 고요하고 잔잔했다.

　다리 위를 걷다가 김성곤은 우스운 사실을 알아챘다. 다리를 감싼 펜스의 키가 2년 전보다 높아져 있었다. 죽음을 향한 장벽마저 높아지다니. 김성곤은 천천히 둔치로 내려갔다. 주변엔 아무도 없었다. 그는 슬슬 물속으로 걸어 들어갔다. 어느 순간 발이 땅에서 떨어졌다. 물이 옷 안으로, 코와 입을 통해 몸속으로 밀려들었다. 제기랄 소리가 저절로 나오는 물맛이었다. 세상에 대한 마지막 인상으로 가져가기에 아주 적절했다.

52

죽으려고 해도 맘대로 놔주지 않는 게 인생이라면 삶은 그에게 무엇을 바라는 걸까.

깨어났을 때 김성곤은 병실에 있었다. 경찰은 그의 입수를 목격한 몇몇 낚시꾼 중 한 사람이 직접 물에 뛰어들어 그를 구해냈다고 말했다. 그러나 구급차가 도착하고 성곤의 맥박과 호흡이 정상으로 돌아온 직후 그가 사라졌기 때문에 구조자에게 연락을 취할 방법은 경찰도 알지 못했다. 갑작스러운 연락을 받고 온 란희와 아영은 성곤이 무사하다는 걸 확인하고 이미 서둘러 떠난 후였다.

김성곤은 하얀 병실 벽을 올려다보며 생각했다. 조금 더 치밀했다면, 건물 옥상에서 몸을 던지거나 방 안에서 약을 먹었다면 성공했을까. 남에게 피해를 줄까봐, 영혼이 사라진 몸뚱이를 처리할 누군가에게 민폐를 끼치지 않으려 강을 택한 게 잘못이었을까. 세상은 무슨 목적으로 그에게 자꾸 빚을 지게 하는 걸까.

병원에서 나온 뒤 김성곤은 한동안 길 위에 멍하니 서 있었다. 어디로 가야 할지 도무지 판단이 서지 않았다. 그는 미아처럼 방황하다가, 예전 배달을 나갔던 동네로 향했다. 자전거로 지나쳤던 골목들을 순례하듯 하나씩 돌다가 김성곤은 무언가에 이끌리듯 어느 곳에 다다랐다. 박실영 기사가 일하던 학원 건물 앞이었다.

학원 앞에는 여전히 노란 버스들이 줄지어 서 있었다. 무엇을 확인하고 싶은 건지도 모른 채 성곤은 건물 앞을 서성였다. 모든 게 그대로라면 그가 찾는 것도 그 자리에 있어야 했다. 하지만 그럴 것 같지 않았다. 바뀌길 바라는 건 바뀌지 않고 그대로이길 원하는 건 사라지고 없을 것만 같았다. 김성곤이 살아온 50년 가까운 세월이 가르쳐준 대로라면 그랬다. 쓸쓸하고 서글펐다.

바로 그때, 멀리서 노란 버스가 코너를 돌아 도로 위로 미끄러져 내려왔다. 버스가 김성곤의 앞에 부드럽게 멈춰 섰다. 우르르 내리는 아이들 뒤로 낯익은 얼굴이 모습을 드러냈다. 그 얼굴 그대로의 박실영 기사였다. 성곤은 설명할 수 없는 감정에 사로잡혀 박실영에게 천천히 다가갔다.

— 영감님, 저 기억하십니까?

박실영은 눈을 가늘게 떠 성곤을 바라보더니 옅은 미소를 지었다.

— 예, 기억납니다. 오랜만이네요. 잘 지냈어요?

성곤은 말없이 고개를 끄덕였다. 그러곤 용기를 내서 다시 말을 걸었다.

— 영감님, 저…… 어때 보입니까. 많이 변했나요?

— 글쎄요. 내가 보기엔 처음이나 지금이나 그대로인 데요.

여전히 침착한 어조로, 세월의 공격에 전혀 내상을 입지 않은 얼굴로 박실영이 말했다. 왜인지 그의 말투는 김성곤을 안심하게 했다. 안전한 곳으로 돌아온 것 같은 기분이 들었다. 성곤의 입에서 두서없는 말들이 튀어나왔다.

— 제가 왜 영감님한테 이런 말을 하는지 모르겠어요. 근데 있죠, 영감님. 저 왜 살아야 하는지 모르겠습니다. 정말 열심히 했는데, 다 잘 안됐어요.

— 잘될 때도 있는 거고, 안될 때도 있는 거지 뭘 그러나요.

박실영이 마른걸레로 버스를 닦으며 대수롭잖다는 듯 말했다. 김성곤은 항변하듯 말을 이었다.

— 너무 엉망진창으로 망쳐놔서, 더이상 세울 목표도 없고, 뭘 해야 할지 왜 살아야 할지 전혀 모르겠다구요.

— 그럼, 당연하지요.

박실영이 말했다.

─세상에 던져졌으니 당연하지요. 태어나길 원하지도 않았는데 좁은 배 속에 꼼짝없이 갇혀 있다가 갑자기 발가벗겨진 채로 세상에 던져졌잖아요. 인간은 탄생부터가 외롭고 불안한 거예요. 그러니 어떻게 살아야 하는지 무슨 수로 알겠어요. 아무거나 손에 잡히는 대로 일단 쥐어보는 거지요. 쥐었던 게 운 좋게 잘 풀리기도 하고, 이건 아닌데 싶지만 쥐었던 걸 놓을 용기는 없어서 울며 겨자 먹기로 꼭 쥐고 있기도 하죠. 그러다가 누군가가 그걸 빼앗아 가면 다시 세상에 던져진 어린아이처럼 울면서 불안해하는 겁니다. 손에 잡히는 것도, 의지할 데도 없이 발가벗겨진 채로 버둥거리고 있으니까. 다들 그러고 삽니다.

성곤은 아무 말도 하지 못한 채 눈앞의 남자를 바라봤다. 박실영이 동작을 멈추고 성곤을 마주 봤다.

─나도 하나 물어볼까요? 난 어떤 삶을 산 걸로 보입니까? 성공한 삶 같아요, 실패한 삶 같아요?

박실영의 삶에 대해 성곤은 전혀 짐작할 수 없었다. 그래서 그가 아는 것만을 말했다.

─모르겠어요. 하지만 영감님은 있죠, 항상 만족하는 것 같아요.

─맞습니다. 난 내 삶에 아주 만족해요. 근데 그 만족

이 처음부터, 아무 대가 없이 그냥 얻어진 걸까요.

박실영의 눈이 가늘어졌다.

─난 정말 많은 일을 겪었어요. 아주 길고 오랜 시간 동안 상상하기 어려울 만큼 화려하고 떠올리기 싫을 만큼 추악하고 몸이 떨릴 만큼 황홀한 일들을 말이죠. 그 시간 동안 난 내 모든 감정을 다 써서 반응했어요. 최선을 다해 천국과 지옥을 오가면서요. 달리 말하면, 당신과 똑같이 말입니다. 그러고 나서 이 자리에 있습니다. 당신이 보는 지금 이 모습으로.

성곤의 눈시울이 왠지 모르게 붉어졌다. 이제야 비로소 그는 박실영이 인생을 받아들이는 비법이 무엇인지 조금쯤 알 수 있을 것 같았다. 쏟아지는 비를 맞으면서도 아이들을 위해 안전한 통로를 마련하려 애쓰고 결국 비가 들이치지 않는 안전한 곳에서 여유로운 표정을 짓던 그의 모습이 떠올랐다.

박실영은 삶을 적으로 만들지도, 삶에 굴종하지도 않았다. 인생이라는 파도에 맞서야 할 땐 맞서고 그러지 않을 때는 아이의 눈으로 삶의 아름다움을 관찰했다. 어떤 삶을 겪어내야 그의 얼굴에 새겨진 단단한 평화로움을 가질 수 있는 것인지 김성곤은 감히 헤아릴 수조차 없었다. 박실영이 밝게 덧붙였다.

　—그리고 내 보기엔 당신도 꽤 잘 살아온 걸로 보여요.

　—제가 뭘 잘 살아요. 전 엉망인걸요.

　김성곤은 코를 훌쩍이며 투정을 부렸다.

　—물론 엉망이지. 엉망이니까 지금 생판 모르는 나한테 와서 울고 있는 거 아니겠어요?

　박실영이 허허 웃었다.

　—근데 정말 엉망이기만 합니까?

　—예?

　—정말로 엉망이기만 하냐고.

　박실영이 성곤에게 얼굴을 쑥 들이밀었다.

　—잘 살펴봐요, 지나온 삶을. 엉망이기만 한 삶은 있을 수가 없어요. 그런 건 애초에 불가능해.

　박실영은 다시 몸을 뒤로 젖히고 성곤을 지그시 바라봤다.

　—그리고 내 보기에 당신은 잘 살아온 것 같아요. 계속 삶에 대해 알아내려고 애쓰는 건 아무나 하는 게 아니니까요. 그러니까 잘했어요. 아주, 잘했습니다.

　박실영이 성곤의 손을 잡았다. 그러곤 그의 등을 꽤 세게, 두드려주었다. 그의 거친 듯 다부진 손과 등을 두드리는 적당한 힘이 커다란 이불처럼 성곤의 상처를 헤아리고 어루만졌다.

잘했다. 아주 잘했다. 잘 산 인생이다.

가슴에 꽉 들어찬 박실영의 말에 성곤은 계속해서 고개를 저었다. 분명히 자신은 잘하지 못했다. 실수도 많았다. 잘못 산 인생이었다. 그런데도 잘했다는, 잘 살았다는 그 말이 너무 고마워서, 그 말을 혼자만 담아두기엔 너무 버겁고 부끄러워서 자꾸만 눈물이 흘러내렸다.

지나가는 사람들이 두 남자를 이상하다는 듯 쳐다봤다. 김성곤은 굳이 그들의 시선을 피하지 않았다. 자신을 보는 그들의 생경한 눈빛마저 고마웠다. 잘했다, 참 잘했다. 그 말이 가슴속을 계속 맴돌았다. 그 말을 다시 누군가에게 돌려주고 싶었다. 그런 목적으로 사는 삶도 나쁘지 않을 것 같았다.

때로 삶을 지탱하는 기둥은 이토록 작은 단서에서부터 출발한다.

김성곤은 이해할 수 없는 삶 앞에 겸허히 머리를 숙였다. 그러곤 다시 고개를 들었다. 그리고 삶에 대적하거나 삶을 포기하려 하는 대신에, 삶과 동등한 입장에서 악수를 나누기로 했다.

53

── 왔냐.

── 오랜만이에요, 사장님.

── 얼굴이 까칠하네.

── 늙었죠. 못 본 시간만큼. 사장님은 그대로시네요.

── 사회성 늘었다? 그대로는 무슨. 나는 늙은 정도가 아니라 닳았지.

── 오랜만에 만나면 덕담부터. 그 정도는 알아요.

── 왜 이렇게 연락이 안 됐어.

── 우울했어요. 달팽이가 잠깐 껍질 속에 들어가 있었던 거라고 생각해주세요.

── 나도 마찬가지. 그래도 네 생각 자주 나더라. 특히 이 공간을 얻게 된 후에.

── 그래서 와보라고 하신 거죠?

── 그치. 생각해봤어?

── 생각해보려고 온 거죠. 보자, 공간은 넓네요. 전의 두배가 넘네.

─창고였던 데래. 생각이 피어나려면 자리부터 마련해야 할 것 같아서 일단 질렀지. 이 정도 임대료 감당할 돈은 남아 있더라. 딱 두번 탄 할리데이비슨을 팔았으니까. 근데 막상 지르고 나니까, 네가 생각나더라. 우리가 같은 장소에서 각자 다른 걸 했잖나. 그때 기억도 나고 너도 가끔씩 와서 머릴 식히든 아이디어를 내든 하면 좋을 것 같아서.

─그러다 둘 다 망한 거 아니었어요?

─망했으니까 다시 시작해야지. 어디서부터 뭘 해야 할진 모르겠지만.

─사장님이 그랬잖아요. 지금 서 있는 바로 그 자리에서부터 다시 시작하라고.

─뭘 시작할 건데?

─아아아. 와, 뻥 뚫려서 소리가 꽉 차네. 메아리가 완전 찰진데요. 따라 해보세요. 아아아.

─뭘 시작할 거냐니까?

─아아아! 저처럼 한번 해보시라니까요. 장난 아니에요.

─아아아. 진짜네. 엄청 울린다.

─야, 씨발, 이 엿 같은 세상아!

―진석아, 소리가 너무 크다.

―이 개 같고 엿 같고 좆같은 세상아!

―진석아, 스톱?

―다시 던져볼 테니 메아리처럼 뭐라도 돌려주라!

―이렇게 촐싹거리면서 그동안 어떻게 참았냐. 너란 녀석의 선택적 함구증은 정말 심리학 논문감이야.

―죄송해요. 사장님 만나니까 닫혀 있던 언어의 문이 열리는 것 같아요.

―그럼 여기에서 지내는 걸로 하자. 전처럼 따로, 또 같이. 이번에도 계약은 문서로 해놓는 거다, 콜?

―이번엔 비용 좀 드릴게요, 저도 그게 편해서. 밥은 가끔 사주세요. 머물기로 한 시간은 되도록 지키겠지만 불시에 나가달라고 하심 오케이 못할 수도 있어요.

―알았다. 편한 대로 해.

―참, 아까 질문이…… 뭘 시작할 거냐고 물으셨죠?

―응.

―뭘 하긴요. 사장님 말대로 해야지.

―내가 뭐랬는데.

―지금 서 있는 바로 그 자리부터 다시 시작하라. 할 수 있는 것을.

―내가 그랬어? 엄청 멋 부리면서 얘기했네. 하나도 기억이 안 나.

―괜찮아요. 내 머릿속에 다 저장돼 있으니까.

―근데 진짜 어디서부터 뭘 하지?

―밥부터 먹을까요?

―별로 좋은 생각이 아닌 것 같아. 건설적이지가 않아. 그냥 창밖부터 보자.

―좋네요. 지나다니는 사람들이 엄청 잘 보여요. 새로울 것도 없는데 신기하다.

―그러네.

―안에는 메아리가 치고 밖에는 세상이 돌아가네요.

―노래 가사 같구나.

―그런가? 안에는 메아리가 치고 밖에는 세상이 돌아가네…… 안, 에는, 메아, 리가치고……

―뭘 또 흥얼거려. 벌써 작곡질이야? 내 생각에 넌 절대 음악 그만 못 둬.

―어후, 아니에요. 진절머리 나요.

―근데 왜 웃고 있어?

―그러는 사장님은요.

―내가 웃었어?

─네.

─웃으니까 보기 좋다, 진석아.

─그러니까 내 말이, 사장님도요.

그뒤 김성곤 안드레아의 삶이 어떤 식으로 흘러갔는지에 대해 분명히 알려진 바는 없다. 그는 수많은 사람 틈에 섞여 어딘가에서 어떻게 살아가고 있을 뿐이다.

하지만 이렇게 생각해볼 수도 있다.

당신은 길을 가다 예쁜 꽃이 만발한 작은 꽃가게를 발견했다. 그 안에 들어가자 친절한 주인이 당신을 향해 미소 지으며 인사한다. 꽃처럼 화사한 미소를 짓는 그녀가 불과 몇년 전까지 세상이 두려워 방 밖으로도 나오지 못했던 사람이라는 걸 당신은 짐작할 수 없다.

머리가 희끗한 중년의 남자가 수수한 꽃다발과 작은 칼랑코에 화분을 가리키며 그녀에서 말을 건다. 결혼기념일과 성년의 날이 겹쳐 아내와 딸 둘 다에게 꽃을 선물해야 한다며 남자는 간소한 포장을 부탁한다. 여자는 남자가 건넨 신용카드를 받지 않으려 한다. 그가 자신을 방 밖으로 이끌어준 사람이라는 걸 잊지 않았기 때문이다. 그렇지만 남자는 끝내 정해진 값을 지불한다.

주인이 꽃을 정성스럽게 포장하는 동안 남자는 가게 안을 천천히 둘러본다. 피기 전의 꽃과 이미 핀 꽃, 조금은 시들해진 꽃 들을 모두 애정 어린 눈으로 바라보며 그는 꽃의 향과 색을 아로새기듯 조용히 꽃 내음을 맡는다.

어떤 꽃을 고를지 망설이던 당신은 뜻하지 않게 남자와 어깨를 부딪힌다. 그가 당신을 향해 짧게 사과하며 살짝 고개를 까딱인다. 그러곤 당신에게 먼저 길을 내준다. 당신은 그에게 똑같은 온도의 예의 바른 미소를 짓는다. 그와 부딪힌 게 그렇게까지 기분 나쁘지 않다.

남자가 실패와 성공을 오간 복잡하고 두서없는 삶을 겪어 오늘에 이른 것을 당신은 모른다. 여러차례 죽기로 결심하고 죽으려 하였으나 이제는 더이상 죽음에게 먼저 손 내밀지 않기로 한 것도 당신은 알 턱이 없다. 그에게 뒤늦게 운전을 배워 미대륙을 자동차로 횡단한 멋진 친구와, 젊고 재능 있는 뮤지션 친구가 있다는 사실도 알 수 없다. 그의 가슴에 매일매일 새로운 꿈과 계획이 자라나고 있다는 것도, 오늘도 그가 그것을 향해 움직이고 있다는 것도 당신은 영원히 알 길이 없을 것이다.

사실 언젠가 남자는 당신과 부딪힌 적이 있는 사람이다. 하지만 당신은 그 사실 역시 전혀 떠올리지 못한다.

그러나 그의 등이 곧았음은, 그의 눈이 맑게 빛나고 있었음은, 그 숱한 일들을 겪고 때로 바닥을 보인 후에도 어느새 그의 얼굴 위로 모든 것을 안아내는 지혜로운 영혼이 새겨지고 있었음은, 그러니까 그가 이 이야기의 처음과는 꽤 다른 얼굴이, 완전히 다른 사람이 되어가고 있었음은 물론이다.

이 이야기의 시작은 다른 작품들과는 조금 달랐다. 정확히 말하자면 이 이야기는 내가 쓴 작품 중에서는 처음으로 누군가의 의뢰 혹은 주문에 기대 쓴 글에 가깝다.

작품을 구상하던 당시의 나는 늘 그렇듯 뭔가를 쓰고 싶고 또 써야만 해야 하는 상황에 놓여 있었다. 여러가지를 동시에 끄적이고는 있었으나 그 어느 것도 스스로 생각하기에 이렇다 할 이야기는 아니었다.

그러던 어느 저녁, 나는 (지금은 무엇인지 기억나지도 않는) 어떤 키워드를 검색하다가 전혀 예상치 않게 누군가가 아주 오래전에 포털 질문란에 남긴 짧은 글을 발견했다. 단 한번 본 글이었고 다시 찾을 수는 없었기에 정확한 원문은 아니지만 글의 내용은 간단했다. 실패한 사람이 다시 성공하는 이야기를 추천해달라는, 지금 자신에게는 그런 이야기가 너무나 필요하다는 글이었다. 왜인지 간절한 느낌이 들었다. 하지만 안타깝게도 그 아래로는 아무런 댓글도 달려 있지 않았다. 나는 오래전, 아무런 응답도 받지 못한 그 사람을 위한 이야기를 써야겠다고 마음먹었다. 실패한 사람이 스스로의 힘으로 다시 일어서는, 다시 떠오르는 이야기를 말이다. 그러자 아주 자연스럽게 김성곤이 수평선 아래에서 두둥실 몸을 드러냈다.

언젠가 내게도 모든 게 침잠되고 고통이 점점 커져간다고 느껴지던 시간이 있었다. 그 과정에서 나를 견디게 한 건 가까운 사람들이 주는 위안과, 위로의 말들이었다. 그러나 그것으로는 충분치 않았다. 괜찮다거나, 이 정도면 충분하다거나, 이대로도 좋다는 말은 눈물을 그치게 했으나, 냉정히 말해 그뿐이었다. 시간이 지나면 곧 그런 말들은 공허하게 휘발됐다. 나를 다시 일어서 걷게 한 건 언제나 다시 해보라거나 응원한다는 주변 사람들의, 혹은 내 내면의 담담한 어조였다.

응원을 받으면 아무것도 아닌 시도가 의미를 지닌 것으로 바뀌었고, 다시 해낼 수 있을 것 같은 자신감이 생겼다. 괴로운 시간을 겪을 때 나는 지금의 상황을 웃으며 회상할 수 있는 미래를 떠올렸다. 아무리 길고 힘겨운 시간도 언젠간 '그땐 참 힘들었지'라는 한 문장으로 정리될 거라고, 그 문장 끝엔 짧은 웃음이 걸쳐져 있을 거라고 기를 써서 생각했다. 이 글을 읽고 있는 당신이 힘든 오늘을 보내고 있다면 나는 이렇게 말해주고 싶다. 당신의 고된 현재도 분명 그렇게 될 것이다, 분명.

물론 원하는 것을 이루고 난 뒤에도 다시 가라앉을 수 있다. 영원토록 따뜻한 바닷물 위에 아무런 노력도 없이 둥둥 떠 있는 속 편한 삶이란 없으며, 혹여 그 비슷한 것이 어딘가 존재한다면 장담컨대 그 삶의 이름은 행복이 아니라 권태와 무기력일 것이다. 우린 실내 수영장이 아니라 풍랑 속에 살고 있기 때문이다. 언젠가 또 비바람을 만나야 하고 그러면 또 헤쳐 나와야 한다. 자신만의 기술과 혜안을 가지고.

이 이야기를 먼저 읽은 친한 지인이 말했다. 김성곤이 가진 초능력은 포기하지 않고 계속해서 뭔가를 시도하는 지점에 있다고. 맞는 말이다. 그런데 나는 우리 모두에게 그런 초능력이 숨어 있다고 믿는 편이다. 어차피 우린 자신만의 힘으로 일어서야 한다. 그런 의미에서 다른 사람에게 해가 되지 않는다는 전제 위에 서 있다면, 당신의 애씀은 언제나 아름답고 가치가 있다.

나는 안주하지 않고 힘을 다하는 영혼들에게 멀리서나마 박수를 쳐주고 싶었다. 그래서, 처음으로 작가의 말을 빌려 독자에게 말을 건넨다. 당신을 깊이 응원한다,라고.

2022년 7월

손원평

튜브

초판 1쇄 발행 • 2022년 7월 22일
초판 2쇄 발행 • 2022년 7월 25일

지은이 / 손원평
펴낸이 / 강일우
책임편집 / 박지영
조판 / 박아경
펴낸곳 / (주)창비
등록 / 1986년 8월 5일 제85호
주소 / 10881 경기도 파주시 회동길 184
전화 / 031-955-3333
팩시밀리 / 영업 031-955-3399 · 편집 031-955-3400
홈페이지 / www.changbi.com
전자우편 / lit@changbi.com

ⓒ 손원평 2022
ISBN 978-89-364-3462-5 03810